隠蔽

私刑執行人

南 英男

Minami Hideo

文芸社文庫

目次

プロローグ

喘《あえ》ぎ声と吐息がぶつかった。

全裸の男女がベッドの上で交わっている。対面座位だった。

千代田区内にある総合病院の特別室だ。トイレとシャワールーム付きだった。

一月中旬の深夜である。午前零時近かった。

男は、超格闘技《スーパー・マーシャルアーツ》トルネードのスター選手のアドルフ・シュミットだった。

空手とシュートボクシングで鍛え上げた筋肉質の体軀《たいく》は逞《たくま》しい。一ミリたりとも贅《ぜい》肉《にく》は付いていなかった。

体を動かすたびに、筋肉の瘤《こぶ》が盛り上がる。頭髪は短く刈り込んであった。

三十三歳のアドルフはドイツ系のオーストリア人で、本国には妻子がいる。美しい妻は元ファッションモデルだ。

アドルフは五日前に一日に三度も貧血を起こし、緊急入院したのである。精密検査の結果、敗血症の疑いがあると診断された。

しかし、当の本人はいたって元気だった。体温は正常で、どこも痛くなかった。アドルフは退屈な入院生活に耐えられなくなって、愛《いと》しい女性をこっそり病室に呼び寄せたのだ。

女は、超売れっ子女優の有働里沙《うどうりさ》だった。

二十七歳の里沙は映画やテレビドラマばかりではなく、数多くのＣＭにも出演している。デビュー当時はセクシー女優と冠されただけあって、その肢体は肉感的だ。乳房は豊満で、ウエストのくびれが深い。蜜蜂《みつばち》を連想させるような体形だった。熟《う》れた柔肌は神々《こうごう》しいまでに白い。

「里沙、ぼくたちはこのままじゃ、ハッピーになれないと思うよ」

アドルフが、癖のある日本語で言った。

「それ、どういう意味なの？」

「ぼく、里沙をとっても愛してる。食べてしまいたいぐらいね」

「ありがとう。わたしも、アドルフのことは死ぬほど好きよ」

「だから、ぼくたちは結婚すべきね。里沙も、そう思わない？」

「できることなら、アドルフと一緒になりたいわ。でも、オーストリアにはあなたの奥さんとお子さんたちがいるのよ」

「ぼく、決心したね。ワイフと離婚する。子供たちは少しかわいそうだけど、仕方ないよ。ぼく、オーストリアの家と貯金はそっくりワイフにあげる。それで、里沙と日本で再出発したい。オーケー？」

「アドルフの気持ちはすごく嬉《うれ》しいけど、離婚なんかしちゃ駄目よ」

　里沙が困惑顔になった。

「なぜ？」

「わたしは、アドルフを横奪《よこど》りしたのよ。ある意味では、自分勝手な悪い女だわ」

「それ、違う。里沙は、いい女ね」

「アドルフ、聞いてちょうだい。わたしはね、あなたの家族にはとても罪深いことをしてるの。だから、アドルフの奥さんや子供たちは不幸にしたくないのよ」

「ワイフの気持ちは、ぼくから離れてる。子供たちには、たっぷり養育費を渡す。何も問題ないよ」

　アドルフは不服げだった。

「こう見えても、わたしは古風なの。妻子持ちの男性を好きになっても、相手の家庭は絶対に壊したくないのよ。というよりも、壊しちゃいけないと考えてるの」

「里沙、ほかの男を好きになった？」

「アドルフ、何を言い出すの！　怒るわよ。昔はともかく、いまはアドルフだけなのに」

「その言葉、信じてもいい？」

「もちろんよ。あなたに棄《す》てられるまで、わたしは決して離れないわ」

「ぼく、里沙を棄てたりしない。それ、嘘《うそ》じゃないよ。だから、死ぬまで一緒に暮らしたいね」

「わたしは生涯、アドルフの愛人でいいの」

「悲しいよ、ぼく」

「あら、パワーダウンしちゃった。いまは何も考えずに、ひたすら愛し合いましょうよ。せっかく二人だけになれたんだから」

里沙がそう言い、アドルフの胸板を両手で軽く押した。

アドルフが心得顔で、シーツに背中を密着させる。里沙が騎乗位になって、アドルフの昂《たか》まりを導《みちび》き入れた。

アドルフが右腕を伸ばし、結合部に指を潜《もぐ》らせる。中指の腹は里沙の痼《しこ》った突起に当てられた。

その瞬間、里沙は切なげな呻《うめ》き声を洩《も》らした。背中も反《そ》り返らせた。

アドルフが肉の芽を慈《いつく》しみはじめた。すぐに里沙が腰をくねらせる。病室に湿った淫《みだ》らな音が響きはじめた。

「里沙、最高ね。ぼく、またハードアップしたよ」

アドルフが嬉しそうに告げ、軽く目を閉じた。

里沙は息を弾ませながら、大胆に腰を旋回させつづけた。上下にも動いた。

ベッドの軋《きし》み音が生々しい。ゆさゆさと揺れる乳房がセクシーだ。

「ああ、アドルフ！」

里沙が上擦《うわず》った声を零《こぼ》した。

閉じた瞼《まぶた》の陰影が一段と濃くなった。色っぽい唇は半開きだった。舌は口中で妖《あや》しく舞っている。

「里沙、里沙……」

アドルフが恋人の名を呼びながら、下から大きく腰を迫《せ》り上げる。そのつど、里沙の裸身は跳《は》ねた。まるで暴れ馬に跨《また》がっているようだった。

やがて、里沙は極《きわ》みに駆け上った。

悦《よろこ》びの声は長く尾を曳《ひ》いた。唸《うな》り声に近かった。里沙は体を幾度も硬直させた。

「次は一緒にゴールインしたいね」

アドルフの動きが烈《はげ》しくなった。

そのすぐあとだった。不意に特別室のドアが開けられ、照明が落とされた。

「だ、誰なの⁉」

里沙が狼狽《ろうばい》し、慌《あわ》ててアドルフから離れた。

ほとんど同時に、白衣をまとった長身の男がベッドに走り寄った。その右手には、注射器が握られていた。麻酔注射だろうか。

からだ。里沙は呻きながら、ベッドから転げ落ちた。

「アドルフ、恐いわ」

里沙の語尾がくぐもった。侵入者が里沙の口を塞《ふさ》ぎ、白い項《うなじ》に注射針を突き立てたからだ。里沙は呻きながら、ベッドから転げ落ちた。

「おまえ、誰⁉」

アドルフが肘《ひじ》を使って、上体を起こした。

侵入者が枕許《まくらもと》に回り込み、アドルフの顔面に薄いゴムシートを被《かぶ》せた。素材は生ゴムだった。

アドルフが母国語で何か喚《わめ》き、寝たままの姿勢で横蹴《よこげ》りを放った。だが、キックは虚《むな》しく空《くう》に流れた。繰り出したパンチも当たらなかった。

侵入者が生ゴムシートをアドルフの口許に宛《あ》てがい、両手で強く押さえつけた。アドルフは喉《のど》の奥で唸り、侵入者の髪の毛を強く引き絞った。

抵抗できたのは、そこまでだった。もがき苦しんでいたアドルフの体から、徐々に力が抜けていった。

侵入者は渾身《こんしん》の力でゴムシートを押さえつづけた。

ほどなくアドルフは、ぐったりと動かなくなった。手脚《てあし》は弛緩《しかん》している。

侵入者は落ち着いた様子で、アドルフの右手首を手に取った。脈動が熄《や》んだかどうか確認しているのだろう。

侵入者はゴムシートを引き剝《は》がすと、すぐさま特別室から出ていった。

足音は、きわめて低かった。ラバーソールの靴を履《は》いているらしい。

里沙が意識を取り戻したのは、およそ一時間後だった。

照明は消えていた。里沙は起き上がって、アドルフに呼びかけた。しかし、返事はなかった。

里沙は手探《てさぐ》りで照明のスイッチを入れた。

ベッドに横たわったアドルフは、身じろぎ一つしない。顔に血の気はなかった。

里沙はベッドに駆け寄り、アドルフの肩を揺さぶった。顔が横に振れただけで、なんの反応も示さない。

「アドルフ、何があったの？　何をされたのか教えてちょうだい！」

里沙は恋人の左胸に掌《てのひら》を載《の》せた。肌の温《ぬく》もりはかすかに伝わってきたが、心臓は脈打っていなかった。

「いやーっ」

里沙は悲鳴をあげ、その場に頽《くずお》れた。変わり果てたアドルフに取り縋《すが》って、ひとしきり涙にくれた。

涙が涸《か》れたとき、里沙は自分が芸能人であることを改めて自覚した。いつまでも病室に留《とど》まっていたら、スキャンダルが公《おおやけ》になってしまう。

里沙は手早く身繕《みづくろ》いをし、アドルフにトランクスを穿《は》かせた。パジャマも着せ、胸まで毛布を掛ける。

「アドルフ、赦《ゆる》してね。どうか安らかに永遠《とわ》の眠りに……」

里沙は胸の前で十字を切り、あたふたとベッドに背を向けた。

濃いサングラスをかけ、そっと特別室を出た。廊下には、人の姿はなかった。

里沙はエレベーター・ホールに急いだ。

第一章　セクシー女優の急死

1

何かが動いた。

人影だった。暗がりから、四十歳前後の男が現われた。四谷三丁目の裏通りだ。

唐木田俊《からきだしゅん》は立ち止まった。

すぐ近くにある自宅マンションから、百メートルほど離れた路上だった。

男が道のほぼ真ん中にたたずんだ。厚手の白いタートルネック・セーターの上に、黒革《くろかわ》のロングコートを羽織《はお》っている。どことなく荒《すさ》んだ感じだった。

「何か用かな?」

唐木田は問いかけながら、相手を改めて見た。見覚えのある顔だった。だが、名前までは思い出せなかった。

「唐木田判事さんよ、ずいぶん捜したぜ」

「おれは、もう裁判官じゃない。二年前に東京地裁を辞めたんだ」

「そうだってな。いまは、この近くで『ヘミングウェイ』ってプールバーをやってるんだろ？」

「思い出した。あんたは新関良典《にいぜきよしのり》だな？」

「やっと思い出してくれたか。地裁の判決で二年九カ月の実刑を喰《くら》った新関だよ。てめえらのせいで、おれの人生は台無しになっちまった」

「そいつは逆恨《さかうら》みだな。あんたは、強盗傷害事件を起こしたんだ。罪の償《つぐな》いをするのは当然だろうが」

「あのころ、おれがやってた串揚《くしあ》げの店は火の車だったんだ。従業員の給料も払えなくなったんで、仕方なく知人の家に押し入ったんだよ。どうしても金が必要だったんだ。なのに、てめえら判事たちは少しも温情を見せてくれなかった」

「甘えるな。いつ仮出所したんだ？」

「先月だよ。女房と子供はおれの帰りを待っててくれてると思ってたんだが、去年の夏に一家で蒸発しちまった。ふざけやがって」

　新関が腹立たしげに呟《つぶや》いた。

「家族を恨むな。自分の愚かさを呪《のろ》え」

「てめえ、何様のつもりなんだっ。おれより年下だろうが！」

「ああ、多分ね。おれは三十八だからな」

「おれより三つも若いくせに、偉そうなことを言いやがって。おれの人生を狂わせた四人の裁判官に礼をさせてもらうからな」

「ばかなことは考えるな。そこをどいてくれ。おれは店に行かなきゃならないんだ」

唐木田は言った。

新関が細い目を尖《とが》らせ、レザーコートの下に手を滑り込ませた。摑《つか》み出したのは、刺身庖丁《ぼうちょう》だった。

唐木田は少し緊張したが、別に怯《ひる》まなかった。荒っぽいことには馴《な》れてきた。

「てめえをぶっ殺してやる！」

新関が刺身庖丁を中段に構えた。刃渡りは四十センチ前後だった。

唐木田は二歩踏み出し、すぐさま退《さ》がった。誘いだった。案《あん》の定《じょう》、新関が刺身庖丁を水平に薙《な》いだ。刃風《はかぜ》は重かったが、切っ先は唐木田から一メートル以上も離れていた。

庖丁が引き戻された。

唐木田は新関の顔を睨《にら》みつけた。新関がわずかに視線を外した。たじろいだのだろう。

新関は、まだ捨て身になりきっていない。心に迷いがあるうちは、必ず隙《すき》が生まれるものだ。

唐木田は緊張感がほぐれるのを自覚した。

新関が刺身庖丁を上段に振り翳《かざ》し、勢いよく突進してくる。唐木田は逃げなかった。新関は相手の出方に面喰《めんくら》ったらしく、走る速度を落とした。

また、唐木田はフェイントをかけた。

半歩後退したとき、刺身庖丁が上段から振り下ろされた。唐木田は横に跳《と》んだ。

新関は勢い余って前屈《まえかが》みになった。庖丁の刃先が路面を叩《たた》き、無機質な音を刻んだ。

唐木田は膝《ひざ》を発条《ばね》にして、肩で新関を弾《はじ》いた。

新関が横倒れに転がった。刃物が手から零《こぼ》れ落ちる。

唐木田は踏み込んで、新関の脇腹《わきばら》を蹴った。靴の先は深く埋まった。

新聞が体を丸め、長く唸った。

「おれにしつこくつきまとったら、今度は手加減しないぞ」

唐木田は刺身庖丁を遠くに蹴りつけ、大股《おおまた》で歩きだした。

元判事だが、ひ弱なタイプではない。上背《うわぜい》があり、全身の筋肉は鋼《はがね》のように引き締まっている。知的な顔立ちだが、ある種の凄《すご》みを漂わせていた。

唐木田の人生は十数年前まで順風満帆《じゅんぷうまんぱん》だった。

司法試験に合格したのは、二十三歳のときである。しかも、一発でパスした。唐木田は司法修習中に大学の恩師の勧めもあって、裁判官の道を選んだ。

検事や弁護士と違って、判事の仕事に華《はな》やかさはない。それでも、それなりに充実感は得られた。

唐木田の前途《ぜんと》は明るかった。つつがなく職務を全《まっと》うしていれば、三十代前半には簡易裁判所で裁判長を務められただろう。

しかし、唐木田は最初の赴任先である名古屋地裁で早くも法の無力さに絶望してしまった。

本来、法律は万人に公平であるべきだ。だが、それは建前の正論に過ぎなかった。恥ずべきことだが、警察も検察もフェアではない。それが現実だった。どちらも、政府筋や外部の圧力に屈《くつ》するケースが少なくない。それを裏付ける事実がある。

権力と繋《つな》がりのある被疑者や被告人に対する取調べや求刑は、おおむね緩《ゆる》い。しかし、一般庶民の犯罪は手加減されることはなかった。

アウトローたちが刑法に触《ふ》れれば、それこそ容赦ない扱いを受ける。留置前の身体検査で素っ裸にされ、刑事や看守に肛門《こうもん》まで覗《のぞ》き込まれる。看守を先生と呼ばなければ、冷たい仕打ちをされる。外国人たちの犯罪にも手厳しい。

唐木田は警察や検察のあり方に疑問を抱くようになった。

だが、駆け出しの裁判官がそのことを公言するわけにはいかなかった。苛《いら》立《だ》ちは募《つの》るばかりだった。

警察と検察の馴《な》れ合いは昔から取り沙汰《ざた》されてきたが、いっこうに改まっていない。検察と裁判所も出来レースを繰り返していると言っても、決して過言ではないだろう。

政府を後ろ楯《だて》にしている検察は、強大なパワーを持っている。

裁判官たちはそのことに気圧《けお》され、ともすれば検察の主張を鵜《う》呑《の》みにする傾向がある。少なくとも、裁判所は検察との摩擦《まさつ》を避《さ》けたがる。

裁判所は、検察に控訴されることを恐れている。判決が修正された場合、担当判事は大きな失点を負わされるからだ。たった一度の過《あやま》ちでも、まず出世コースから外されてしまう。

裁判官たちも、人の子である。程度の差はあっても、それぞれ出世欲を秘めている。

唐木田は、上司や検察側の顔色をうかがう同僚裁判官を厭《いや》というほど見てきた。哀《かな》しかった。悔しくもあった。

唐木田は各地の地裁を転々としながら、刑事裁判の主導権を検察が握っている事実を思い知らされた。このままでは、真の法治国家とはとても言えない。

唐木田は東京地裁刑事部に転属になったとき、意識革命の必要を強く感じた。三年前のことである。

転任早々、ある殺人事件の判決を巡って、唐木田は裁判長と意見がぶつかった。殺人罪で起訴された食堂経営者はサラ金業者の悪辣《あくらつ》な取立てに腹を立て、肉切り庖丁で集金係の男の心臓をひと突きにしてしまったのだ。

被告人には、情状酌量《じょうじょうしゃくりょう》の余地があった。食堂経営者は、女子大生の娘をソープランドに売り飛ばすと脅されていた。

そうしたことを考慮し、唐木田は懲役五年の実刑判決が妥当だと主張した。しかし、裁判長と同輩判事たちは検察に控訴されることを恐れ、揃《そろ》って懲役七年の判決を下《くだ》した。

唐木田は敗北感に打ちのめされた。所詮《しょせん》、蟷螂《とうろう》の斧《おの》だったのか。徒労感は容易に胸から去らなかった。

そのことがあって間もなく、思いがけない不幸に見舞われた。あろうことか、新妻が交通事故死してしまった。即死だった。

唐木田は判事をつづけていく気力を失い、およそ半年後に東京地裁を辞めた。半《なか》ば予想していたことだったが、誰にも慰留《いりゅう》はされなかった。もともと職場では、浮いた存在だったのだろう。送別会も催されなかった。

唐木田は何カ月か、無為徒食《むいとしょく》の日々を送った。その気になれば、すぐにも弁護士にはなれる。だが、もはや法曹界《ほうそうかい》で働く気はなかった。

唐木田には、くすぶっている思いがあった。

法網《ほうもう》を巧《たく》みに潜《くぐ》り抜けている巨悪をのさばらせておいていいのか。誰かが大悪党どもを断罪しなければならない。

粗暴な犯罪者や色欲に惑《まど》わされた小悪党は法で裁くことができる。しかし、権力や財力を握った巨悪を法廷に立たせることは難しい。

法が無力なら、自分がルールブックになるほかないのではないか。唐木田はそんな思いから、非合法な手段で救いようのない極悪人《ごくあくにん》に鉄槌《てっつい》を下《くだ》す気になった。

さっそく知人から多くの情報を集め、慎重に三人の仲間を選び、闇《やみ》裁き軍団を結成した。といっても、組織名はない。スポンサーの類《たぐい》もいなかった。

チームリーダーの唐木田は、潰《つぶ》れたプールバーの権利を居抜《いぬ》きで買い取った。酒場のマスターは、世間の目を欺《あざむ》くための表稼業に過ぎない。

唐木田たち四人は『ヘミングウェイ』をアジトにしながら、これまでに七十人以上の悪人を密《ひそ》かに葬《ほうむ》ってきた。

そのうちの幾人かはクロム硫酸《りゅうさん》の液槽に投げ込み、短時間で骨だけにした。骨は粉々に砕《くだ》いて、水洗トイレに流してしまった。

去年の夏には、八ヶ岳連峰の赤岳《あかだけ》の麓《ふもと》で狂信的な秘密組織のメンバーを七十人近くプラスチック爆弾で噴《ふ》き飛ばした。大量爆殺事件は派手にマスコミに取り上げられたが、未《いま》だに捜査の手は処刑軍団には伸びてこない。

唐木田たちは高潔な私刑執行人ではなかった。極悪人たちを処刑する前に、必ず彼らから巨額を脅し取っていた。その総額は八百億円を超えている。その大半は組織の活動資金として、香港《ホンコン》やオーストリアの銀行にプールしてある。

唐木田を含めて、メンバーのうちの三人は毎月百五十万円ずつ給料として受け取っていた。しかし、現職刑事の仲間だけは頑《かたく》なに報酬を受け取ろうとしない。

曲がり角に差しかかった。

唐木田はゆっくりと振り返った。新関が追ってくる気配はなかった。予想もしなかった反撃に竦《すく》んでしまい、あたふたと逃げ去ったのだろう。

唐木田は四つ角を折れ、足を速《はや》めた。

『ヘミングウェイ』は、借りているマンションの斜め裏にある。背中合わせに近い場所だが、迂回《うかい》しなければならなかった。

ほどなく店に着いた。

午後七時四十分過ぎだった。唐木田は軒灯を点《つ》け、手早く着替えをした。

店内は割に広い。左側に三卓のビリヤード・テーブルが並び、右手にL字形のカウンターがある。

唐木田はヘミングウェイのファンだった。そんなことから、店名に猟銃自殺した偉大な文豪の名を勝手に使わせてもらったわけだ。ヘミングウェイが愛飲していたカクテルも、売りものにしていた。しかし、唐木田はめったにダイキリは飲まない。

BGMにオーティス・レディングの古いR＆B《リズム・アンド・ブルース》を選び、ラークマイルドに火を点ける。

店の客は、それほど多くない。せいぜい百人前後だろう。裏稼業でちょくちょく臨時休業にするせいか、常連客は二十人もいなかった。

当然ながら、赤字経営だ。店の経費は組織の活動資金から捻出《ねんしゅつ》している。

唐木田は一服すると、三本のアイスピックを手にしてカウンターから離れた。

キューラックの木枠には、ところどころ黒いサークルマークがつけてある。標的だ。

小学生のころからダーツに熱中してきた唐木田は、アイスピック投げの名人だった。宙に投げ上げたレモンやライムの真芯《ましん》を射抜《いぬ》くことができる。格闘技の心得のない唐木田は、アイスピックを武器にしていた。時には、洋弓銃《クロスボウ》やカタパルトを改良した手製の武器を使うこともあった。

唐木田は標的からできるだけ遠ざかり、一本ずつアイスピックを投げた。三本とも的《まと》に命中した。

同じことを七、八度繰り返したとき、店に大学時代の友人が入ってきた。

中居彰彦《なかいあきひこ》という名で、『ワールド・エンタープライズ』という芸能プロダクションに勤めている。中肉中背だ。これといった特徴はない。

「珍客だな。中居、浮かない顔をしてるじゃないか。リストラでもされたのか？」

「まだ首は斬《き》られてないよ。仕事のことで、ちょっとな」

「そうか。ま、坐れよ」

唐木田は中居をスツールに腰かけさせ、カウンターの中に入った。

「いつもこんなに暇なの？」

「まだ時間が早いからな」

「前に来たときは十時半ごろだったが、やっぱり客はひとりもいなかったぜ」

「そうだったかな」

「商売になってないんじゃないのか？」

中居が心配顔で訊《き》いた。

「確かに儲《もう》かってはいないよ。しかし、なんとかやってる。おれは独り身だからね」

「唐木田は、ばかだよ。せっかく判事になったのに、自分から東京地裁を辞めちゃったんだからな」

「裁判官は性《しょう》に合わなかったんだ」

「だったら、弁護士になればよかったじゃないか。おれなんか司法試験に五度もチャレンジしたけど、結局、パスしなかった。おまえはパス一《いち》で受かったのに、わざわざ地裁を辞めちゃった。実にもったいない話だよ」

「裁判所と官舎を往復するだけの仕事は退屈で、たいして面白くなかったんだ」

「それなら、弁護士会に登録しろよ。流行《はや》らない酒場のマスターをやってるより、弁護士のほうがましだと思うぜ」

「考えてみるよ。山崎の十二年物の水割りだったな?」

唐木田は確かめてから、ウイスキーの水割りを作った。中居が溜息《ためいき》をついて、セブンスターをくわえた。

「仕事のことで何かあると言ってたな。所属タレントがコカインか何か所持してて、逮捕《パク》られたのか?」

「その程度のことなら、別に思い悩んだりしないさ。うちの看板女優の有働里沙、知ってるよな?」

「ああ、テレビで何度か観《み》てる。色っぽい女優だな」

「ここだけの話だが、里沙が昨夜《ゆうべ》から行方不明なんだ。関東テレビでドラマのドライ・リハーサル中に手洗いに立ったまま、それっきり戻ってこなかったんだ。携帯電話の電源は切られてるし、自宅マンションにも帰ってないんだよ」

「そいつは困ったな」

「里沙はアドルフ・シュミットが五日前に急死してから、ずっと塞《ふさ》ぎ込んでたんだ」

「なぜ?」

「これもオフレコにしてもらいたいんだが、里沙は一年ぐらい前からアドルフ・シュミットと親しい関係にあったんだ」

「そうだったのか。確かアドルフ・シュミットは妻子持ちだったよな？」

唐木田は確かめた。

「ああ、オーストリアに女房と二人の子がいる。しかし、アドルフは何年も東京で単身暮らしをしてたんで、夫婦仲はうまくいってなかったんだ。そんなこんなで、彼は里沙にのめり込んだんだろう。里沙も本気でアドルフに惚《ほ》れてたようだ。二人は芸能レポーターたちに覚《さと》られないようにいろいろ苦労しながら、密会を重ねてたんだよ」

「マスコミ報道によると、アドルフ・シュミットは急性肺炎で死んだようだね」

「一応、そういうことになってるな」

中居がグラスを傾け、表情を翳《かげ》らせた。唐木田は、その言葉を聞き逃さなかった。

「アドルフは別の病気で死んだのか？」

「死因がどうもはっきりしないんだよ。アドルフが十日ほど前に極秘入院したのは、一日に何度も貧血を起こしたかららしいんだ」

「新聞やテレビニュースだと、敗血症の疑いがあるってことだったが……」

「それは間違いなかったらしい。ただ、老人ならともかく、三十三歳のファイターが急性肺炎で死ぬだろうか。おれは、どうも釈然としないんだ」

中居が短くなった煙草の火を消した。

「有働里沙は、アドルフの死因についてはどんなふうに言ってるんだ?」

「里沙はマネージャーの女性に、アドルフは殺されたのかもしれないと洩らしたらしいんだよ。その通りだとしたら、担当医は虚偽の死亡診断書を認《したた》めたことになる」

「そうだな」

「まさか東都医大病院の医者がいい加減な死亡診断書を書いたとは思えないんだが、死因が急性肺炎というのが引っかかってな。それに、里沙が担当マネージャーに言ってたという話も妙に気になってね」

「そう」

「最初は里沙がアドルフの急死にショックを受けて仕事をほうり出したんだろうと思ってたんだが、ひょっとしたら、彼女は誰かに拉致《らち》されたのではないかと……」

「考え過ぎなんじゃないのか」

「そうならいいんだがね。唐木田、元刑事の有能な私立探偵を知らないか? そういう人間がいたら、こっそり里沙を捜してもらいたいんだ」

「検事とは違って、裁判官は刑事と直《じか》に接触することはないからな。刑事上がりの私立探偵に知り合いはいないない」

「そうだろうな」

「三日も四日も有働里沙の消息がわからなかったら、警察に捜索願を出したほうがいいな。警察はあまり失踪人《しっそうにん》捜しには熱心じゃないが、相手が有名女優ということになれば、本腰を入れて捜索に乗り出すはずだよ」

「それはそうだろうが、捜索願なんか出さないうちに里沙の居所を掴《つか》みたいね」

「プロダクションの人間が里沙の行方を追ってるんだろう？」

「ああ、手の空いた社員たちがあちこち駆けずり回ってるんだ。しかし、有力な手がかりは未《いま》だに摑めてないんだよ。そこで、唐木田に会ってみる気になったんだが……」

「有働里沙は、そのうち連絡してくると思うよ。きっと彼氏が急死したんで、仕事をする気になれないにちがいない」

唐木田は友人を力づけ、オードブルの用意に取りかかった。

2

店のドアが乱暴に開けられた。

友人の中居が帰った直後だった。

唐木田はグラスを洗う手を休め、出入口に視線を向けた。そこには、新関が突っ立っていた。右手に赤いポリタンクを提《さ》げている。

「唐木田、まだ勝負はついてないぜ」

「子供っぽいことを言うな」

「うるせえ！」

「ポリタンクの中身は灯油か何かだなっ」

「灯油だよ。きさまを店ごと焼き殺してやる！」

「早まるな」

唐木田は大声で諌《いさ》めた。

だが、無駄だった。新関がポリタンクのキャップを外し、床に灯油を勢いよく撒《ま》きはじめた。

唐木田は、シンクの横に置いてあったアイスピックを投げた。

アイスピックは新関の右腕に刺さった。二の腕あたりだった。新関が左手でアイスピックを引き抜き、すぐに投げ返してくる。

唐木田は身を屈《かが》めた。

アイスピックは酒棚《さかだな》のジャック・ダニエルの黒ラベルの壜《びん》を砕いた。ガラスの破片が飛び散り、テネシー・ウイスキーが酒棚を濡らした。

「いい加減にしろ！」

唐木田は怒鳴って、背筋を伸ばした。

ちょうど新関が煙草に火を点け終えたところだった。唐木田は新たなアイスピックを摑み上げた。

「あばよ」

新関が火の点いた煙草を口から離した。

唐木田は狙いを定めてから、アイスピックを投げた。みごとに命中した。火の点いた煙草はフィルターの近くで千切《ちぎ》れ、先端部分は油溜《あぶらだ》まりから少し離れた床に落ちた。

「くそっ」

新関が歯嚙《はが》みし、靴で煙草の先端部分を蹴った。

次の瞬間、発火音がした。油溜まりに火が走り、新関のスラックスに炎が燃え移った。新関はパニックに陥《おちい》り、何度か足踏みをした。

たちまち炎が勢いづき、火の海が拡《ひろ》がりはじめた。新関は悲鳴をあげながら、床に転倒した。

唐木田はガスレンジの下から赤い消火器を抱え上げた。すぐにカウンターを出て、ノズルを外す。

消火液を噴射させると、なんとか火は鎮《しず》まった。新関も床も白い泡に塗《まみ》れていた。

新関のスラックスの半分は焼け焦《こ》げている。頭髪も赤く縮れていた。

「なんで助けてくれたんだよ？」

新関がそう言いながら、のろのろと立ち上がった。

「店を穢《けが》されたくなかったからさ。あんたがここで焼死したら、客足が途《と》絶《だ》えるからな」

「それだけの理由か？」

「ああ、それだけだ。おれに牙《きば》を剝《む》いた奴《やつ》に同情する気なんかない」

「そうだろうな」

「今夜のことは大目に見てやるから、とっとと失《う》せろ」

「いいのかよ？」

「おれの気が変わらないうちに、早く消えろっ」

「わかった」

「ポリタンク、持って帰れ！」

唐木田は顎《あご》をしゃくった。新関が小さくうなずき、空のポリタンクを持ち上げる。

「これで懲《こ》りなきゃ、あんたはばかだ」

「………」

「早く出て行け！」

唐木田は声を張りあげた。

新関が片足を引きずりながら、店から出ていった。唐木田は舌打ちして、床の掃除に取りかかった。

床板は黒ずんでしまった。その部分は張り替えなければならないだろう。

後片づけが済んだのは、十時過ぎだった。

唐木田は退屈しのぎに、ビリヤードの球《たま》を撞《つ》きはじめた。

二十分ほど経《た》ったころ、チーム仲間の岩上宏次郎《いわがみこうじろう》がふらりと店に入ってきた。

表稼業は渋谷署刑事課強行犯《きょうこうはん》係の刑事である。四十三歳だ。五分刈りで、ずんぐりとした体形だった。色も浅黒かった。

人相はよくないが、心根は優しい。ことに弱者を労《いたわ》る気持ちが強かった。猟犬タイプの刑事で、マークした被害者には喰《くら》いついて放さない。

あまり家庭を顧《かえり》みなかったせいか、岩上は三年ほど前に離婚する羽目になってしまった。妻に愛想を尽かされたのだ。

岩上は中学生のひとり娘に未練を残しながらも、住み慣れた自宅を出た。それ以来、カプセルホテルを塒《ねぐら》にしていた。時たまサウナで夜を明かし、夏は公園で野宿しているようだった。

唐木田は、岩上のことを親しみを込めてガンさんと呼んでいる。岩上のほうは冗談めかして、唐木田を親分と呼ぶ。

「親分、なんか石油臭《くせ》えな。あれ、床板が焦げてらあ。何があったんだい？」

「放火魔らしい男が灯油を床に撒いて、火を点けたんだよ。消火器を使って、すぐに火を消し止めたんだがね」

唐木田は、あえて新関のことは言わなかった。個人的なことで、仲間に余計な心配をさせたくなかったからだ。

「最近は、おかしな奴が増えてるな。世の中、どこか狂ってるよ」

岩上が流行遅れのオーバーコートを脱ぎ、止まり木に腰かけた。ツイード・ジャケットも着古したものだった。

唐木田はカウンターの中に入り、手早くバーボン・ロックをこしらえた。

「ありがとよ、親分」

「今夜は冷えるね。夜半から雪でも降りそうだ」

「そうだな。それはそうと、アドルフ・シュミットが死んじまったな。おれ、あの男が好きだったんだ。西洋人だが、武士道精神みたいなものを持ってたからな」

「ファイターの中では小柄だったが、上段回し蹴りと踵落《かかとお》としの決め技《わざ》は華麗だったね」

「ああ、文句なしだった。惜《お》しい男を亡くしたよ。トルネードのスター選手だったからな。いい奴ほど若死にしちまう。神さまってやつは惨《むご》いことをなさる」

岩上がしんみりと言い、グラスを口に運んだ。

「ガンさん、アドルフが急性肺炎で急死したことをどう思う？」

「どう思うって？」

「三十三歳で急性肺炎で死ぬだろうか？」

「アドルフは敗血症に罹《かか》ってたようだから、運悪く肺炎を併発《へいはつ》しちまったんだろう」

「入院してたのは、東都医大病院だっけ？」

「ああ。仲幹雄《なかみきお》って細菌学の権威が治療に当たってたらしいんだが、結局、命は助からなかった。二十代で世界空手道選手権で準優勝し、その後はほぼ毎年、大きなタイトルを獲《と》って、トルネードの王者に昇りつめた。偉大なファイターだったよ。それこそ、竜巻《トルネード》みたいな人生だった」

「ガンさん、アドルフは巧妙な手口で殺害されたとは考えられないかな？」

　唐木田は問いかけた。

「そいつは考えられないよ。アドルフのライバルはたくさんいたが、みな彼とファイトすることを目標にしてたんだ。アドルフのような花形選手とカードを組んでもらえることと自体、名誉なことだからな。当然、ファイトマネーも上がる。少なくとも、格闘技選手がアドルフを消したいと思うはずはないね」

「そうだろうな」

「それから、トルネードを仕切ってるプロモーターの光瀬耕治《みつせこうじ》だって、スター選手のアドルフ・シュミットを亡《な》き者にしたいと考えるわけがない。アドルフの人気があるからこそ、莫大《ばくだい》な興行収入を得られるわけだからな」

「プロモーターの光瀬自身も格闘家だったんだよね？」

「そう。光瀬は優秀な空手家だが、商才にも恵まれてたんだ。だから、興行界で大成功を収めたのさ」

「ガンさんは若いころに沖縄空手を習ってただけあって、格闘技の世界に精《くわ》しいな」

「それほどでもないがね」

岩上が照れて、バーボン・ロックを啜《すす》った。

グラスをカウンターに戻したとき、浅沼裕二《あさぬまゆうじ》が店に現われた。

チーム一の伊達男《だておとこ》だ。カシミヤの黒っぽいスーツを小粋に着こなしている。三十四歳の浅沼は美容整形外科医だ。医院は広尾にある。

浅沼はハンサムで、経済的にも豊かだ。独身とあって、女たちにモテる。セックスフレンドは三十人ではきかない。愛称はドクだ。

浅沼は優男《やさおとこ》ふうだが、考え方は決して軟弱ではない。

ふだんは女たちから情報を集める役をこなしているが、メスや鉗子《かんし》を武器にして、悪党どもと敢然と闘う。吹き矢《ブロウガン》で、ダーツ付きの麻酔薬アンプルを飛ばすこともうまい。

ただ、浅沼には妙な思い入れや正義感はなかった。チームの仕事は、あくまでも率のいいサイドビジネスと割り切っている。

黒いポルシェやクルーザーを所有しながらも、呆《あき》れるほど物欲が強い。フランスの古城を別荘として買い取ることを夢見ていた。

浅沼が目顔《めがお》で挨拶《あいさつ》し、岩上のかたわらに腰かけた。すると、岩上が顔をしかめた。

「香水がきついな」

「オー・デ・トワレのことか。ガンさんこそ、体臭に気をつけたほうがいいよ。真夏なんか汗臭くって、そばに近づけない」

「おれをスカンク扱いする気か。上等だ。ドクを結婚詐欺で逮捕《パク》ってやる！」

「ガンさん、人聞きの悪いことを言わないでよ。おれがいつ結婚詐欺を働きました？」

「どうせドクは女たちに調子のいいことを言って、ベッドに誘い込んでるんだろうが。結婚なんて言葉もちらつかせてるんだろうから、れっきとした詐欺《さぎ》だ」

「見てきたようなこと言っちゃって。ガンさん、はっきり言っときますけどね、おれは一度だって、結婚を餌《えさ》にしたことなんかありません。いつも女のほうから誘ってくるんです。相手に恥をかかせるわけにはいかないんで、渋々、ホテルにご一緒してるんですよ」

「女たらしがよく言うぜ」

「妬《や》いてますね、ガンさん」

浅沼が茶化して、懐からダンヒルの箱を取り出した。唐木田はスコッチ・ウイスキーの水割りを手早く作った。

「床板が焦げてますね。何があったんです？」

浅沼が唐木田に話しかけてきた。

唐木田は、さきほどと同じように放火魔に狙《ねら》われたと答えた。浅沼は深く詮索《せんさく》しなかった。ダンヒルに火を点け、スコッチの水割りを傾けた。

「ドク、アドルフ・シュミットが急性肺炎で死んだことをどう思う？」

岩上が唐突に訊《き》いた。

「いきなり何なんです？」

「いいから、すぐに答えろよ。別にアドルフが急性肺炎で死んでも変じゃないだろ？」

「ええ、まあ」

「曖昧《あいまい》な返事だな」

「別段、死因そのものはおかしくないんですが、三十代の男が急性肺炎で亡くなるケースはそう多くないんですよ。内科の専門医じゃないから、断定的なことは言えないけどね。アドルフ・シュミットがどうしたって言うんです？」

「親分は、もしかしたら、殺されたんじゃないかと言いだしたんだ」

「何か根拠があるんですか？」

　浅沼が唐木田に顔を向けてきた。

「実は芸能プロに勤めてる友人から聞いた話なんだが、女優の有働里沙がアドルフと一年ぐらい前から親密な間柄だったらしいんだ」

「そうだったんですか。所属プロは、マスコミに噂《うわさ》が流れないよう手を打ってたんでしょうね。二人のことは、芸能週刊誌やワイドショーで一度も話題にされませんでしたから」

「多分、何かマスコミ対策をしてたんだろうな。それはともかく、有働里沙は女性マネージャーにアドルフ・シュミットは誰かに殺されたかもしれないと洩らしたらしいんだ。それから、これも口外しないでほしいんだが、昨夜《ゆうべ》から里沙の行方がわからないというんだよ。テレビドラマのリハーサル中に手洗いに立ったまま、里沙は忽然《こつぜん》と姿をくらましてしまったんだってさ」

「親分、その話は確かなのかい？」

　岩上が口を挟んだ。

「友人の中居という男は生真面目《きまじめ》な奴だから、冗談を言ったんじゃないと思う。彼は思い詰めた表情で、おれに里沙捜しを任せられるような刑事上がりの探偵を知らないかと相談に来たんだ」

「アドルフの彼女が謎《なぞ》の失踪《しっそう》をしてるのか。親分、なんか犯罪の臭《にお》いがしてくるね。仮に有働里沙が自分の身に危険が迫ったことを察知して逃げたんだとしたら、アドルフ・シュミットが誰かに殺《や》られた可能性もある」

「おれもそんなふうに推測してみたんだが、見当違いなのかもしれない。有働里沙が恋人の急死で取り乱して、発作的に仕事を投げ出しただけとも考えられるからね」

「親分、ちょっと待ってくれ。アドルフ・シュミットが死んで、もう丸五日が過ぎてる。仮に後者だとしたら、もっと早い時期に里沙は仕事をすっぽかしてるんじゃないかね？」

「ガンさん、いいことに気がついてくれた。確かに、その通りだな。アドルフの死後四日も五日も経《た》ってから、里沙が急に仕事をほうり出すというのも妙だ」

「ええ、そうですね」

浅沼が相槌《あいづち》を打った。岩上も黙ってうなずく。

「有働里沙はアドルフ・シュミットを葬《ほうむ》った人間に狙われてることを知って、リハーサル中に逃げたのかもしれない。そうだとしたら、おそらくテレビ局内に刺客らしい影を見たんだろう」

「親分、ちょっとチームで動いてみてもいいんじゃないの？」

「そうだな。ガンさん、東都医大病院の関係者をそれとなく洗ってもらえる？　死亡診断書を書いた仲幹雄《なかみきお》ドクターの交友関係も探《さぐ》ってほしいんだ」

「あいよ」

「おれは『ワールド・エンタープライズ』の中居から情報を集めてみる。ドクは、とりあえず待機しててくれ」

唐木田は言って、ラークマイルドをくわえた。そのとき、浅沼の上着の内ポケットで携帯電話が鳴った。

美容整形外科は携帯電話を耳に当て、さりげなくスツールから滑り下りた。電話の遣《や》り取《と》りは短かった。

「ドク、女からの呼び出し電話だろ？」

岩上が口を開いた。

「女は女ですが、うちの病院の当直の看護師からの電話です。昼間、豊胸手術をしたＯＬが激しい痛みを訴えてるらしいんですよ」

「おまえ、ちゃんと傷口を縫合《ほうごう》したのか？」

「もちろん、しっかり縫《ぬ》い合わせましたよ。ただ、シリコンの量が少し多かったのかもしれないな。患者が巨乳にしてとせがんだもんで、ついつい量を増やしちゃったんです」

「無責任な医者だな」

「美容整形で患者が死ぬようなことはありませんから、別にどうってことはないっすよ。そんなわけで、今夜は病院に戻ります」

浅沼がどちらにともなく言い、慌《あわ》ただしく店を出ていった。ほとんど入れ違いに、三枝麻実《さえぐさまみ》がやってきた。

二十九歳の麻実は、チームの紅一点だ。その美しさは際立《きわだ》っている。プロポーションも抜群だった。

麻実はセレモニー・プロデューサーと称しているが、要するに葬儀社の女社長である。二代目社長だった実兄が数年前に通り魔殺人に遭《あ》ったため、やむなく妹の彼女が家業を継《つ》いだわけだ。

それまで麻実は、海上保安庁第三管区海上保安本部救護課で働いていた。柔道、剣道のほかにフェンシングの心得があり、拳銃《けんじゅう》の取り扱いにも慣れている。操船技術も確かだ。

葬儀社は品川区内にあるが、麻実は中目黒の賃貸マンションで暮らしている。唐木田とは他人ではなかった。

麻実は、凶悪な犯罪者を人一倍憎んでいる。彼女の実兄を擦《す》れ違いざまに出刃庖丁で刺した犯人は精神鑑定で心神喪失とされ、刑事罰を免れた。

彼女はそのことで理不尽さを覚え、いまも憤《いきどお》っている。また、麻実は報酬の一部を匿名《とくめい》で犯罪被害者の会に寄附していた。

「女社長、また綺麗《きれい》になったな。ここに坐ってくれよ」

岩上がにこやかに言って、隣のスツールを掌《てのひら》で叩いた。

「ガンさんに口説《くど》かれちゃうのかしら？」

「よせやい。おれがいくら女日照《おんなひで》りだからって、親分の彼女に手を出すような真似《まね》はしないよ」

「あら、残念だわ」

麻実が艶然《えんぜん》とほほえみ、岩上のかたわらに腰かけた。

「少し前までドクがいたんだ」

唐木田は言って、バドワイザーの栓を抜いた。麻実は、たいていビールから飲みはじめる。酒には強い。

「床の一部が焦げてるわね」

「放火魔の仕業《しわざ》なんだ」

唐木田は手短に説明した。

「とんだ災難だったわね。で、犯人はどうしたの？」

「おれが消火中に逃げてしまった」

「そうなの。癪《しゃく》ねえ。でも、小火《ぼや》程度で済んでよかったわね」

「そうだな。表稼業のほうはどうだい？」

「大きな仕事を取り損なっちゃったの。ほら、トルネードのアドルフ・シュミットが五日ほど前に急死したでしょ？　わたし、その情報をキャッチして、東都医大病院に駆けつけたのよ。アドルフなら、大きなセレモニーの仕事になると思ってね。わたしが一番乗りだったんだけど、トルネードの関係者に閉《し》め出されちゃって、営業できなかったの」

「セレモニーは大手業者に持ってかれちゃったわけか」

「そうなの。大きなビジネスチャンスだったんだけどね」

麻実がいかにも残念そうに言い、ビア・グラスに口をつけた。

「女社長、葬儀社仲間からアドルフの死について何か噂を聞いてないかい？」

岩上が麻実に問いかけた。

「ううん、別に何も聞いてないけど。アドルフの死因に何か不審な点でもあるの？」

「ひょっとしたら、アドルフは殺害されたのかもしれないんだ」

「ええっ」

麻実が驚きの声をあげた。

唐木田は目で岩上を制し、麻実に経緯《いきさつ》を語った。

「アドルフと恋仲だった有働里沙が謎めいた消え方をしてるんだったら、他殺の可能性もありそうね」

「ああ。それで、チームで少し動いてみようってことになったんだ」

「了解《ラジャー》！」

麻実がおどけて敬礼した。

三人は飲みながら、雑談を交わしはじめた。話題が尽きると、ホームレス刑事が腰を上げた。

「お二人の邪魔をするのも野暮だから、おれはぼちぼちカプセルホテルに戻るよ」

「ガンさん、妙な気は遣《つか》わないでほしいな」

「そうよ。三人で、もっと飲みましょう」

唐木田の言葉を麻実が引き取った。

「雪が降ってきそうだから、早々に引き揚げるよ」

「ガンさん、まだいいじゃないか」

「いや、帰る。膝小僧のやつがさ、ちょっと塞がってるんだ。早く温《あたた》めてやりたいんだよ。それじゃ、また！」

岩上は手をひらひらさせ、店から出ていった。背中に哀愁がにじんでいた。

「ガンさんったら、気を遣いすぎよ」

麻実が笑顔で言った。

「そうだな」

「確かに今夜は底冷えがするわね。中目黒のマンションに戻るのは面倒だな。俊さんの部屋に泊めてもらおうかな」

「大歓迎だよ。こんな寒い夜は、肉蒲団《にくぶとん》が一番だからな」

唐木田は際《きわ》どい冗談を口にして、麻実の顔を見つめた。

麻実の白い頬《ほお》に、羞恥《しゅうち》の色が宿った。

3

頭の芯《しん》が熱い。

蕩《とろ》けそうな快感に包まれた。麻実の生温かい舌が心地よい。

唐木田はベッドに仰向《あおむ》けになって、口唇愛撫《あいぶ》を受けていた。自宅マンションの寝室だ。

午前十時を回っていた。

前夜、二人は狂おしく求め合った。濃厚な情事に疲れ果て、唐木田と麻実は裸のまで眠りについた。

目覚めたのは、午前九時半過ぎだった。二人は互いの唇をついばみ合っているうちに、官能を煽《あお》られたのだ。

外は雪だった。夜半過ぎに小雪がちらつきはじめ、明け方には牡丹雪《ぼたんゆき》に変わった。七、八センチは積もっているのではないか。

麻実の舌は目まぐるしく変化する。昆虫になり、鳥になり、蛇になった。唐木田は吸われ、削《そ》がれ、つつかれた。舌技には、少しも無駄《ロス》がない。

唐木田は枕《まくら》から少し頭を浮かせ、股の間にうずくまっている恋人を見た。

麻実は胡桃《くるみ》に似た部分を柔らかく揉《も》みながら、頰に掛かる髪を耳に掛けた。目を閉じ、うっとりとした表情をしていた。

頰が深くへこんだり、逆に大きく膨れ上がったりしている。なんとも煽情《せんじょう》的な眺めだ。淫靡《いんび》な湿った音も欲情をそそる。

「今度は、おれが……」

唐木田は上体を起こそうとした。

と、麻実が体の向きを変えた。ペニスを口に含んだままだった。麻実は、唐木田の顔の上に跨る恰好《かっこう》になった。

唐木田は、麻実のはざまに目を当てた。

珊瑚色《さんごいろ》の縦筋《たてすじ》はわずかに捩《よじ》れ、小さく綻《ほころ》んでいた。淫猥《いんわい》な構図だが、とても愛らしかった。双葉を想《おも》わせる二枚の肉片の内側は、ぬるぬると光っている。

和毛《にこげ》は絹糸のように細い。ほぼ逆三角形に繋っていた。ほどよい量だった。

「もうそのくらいにして。長く見られると、わたし、恥ずかしいわ」

麻実が昂《たか》まった男根《だんこん》を解き放ち、消え入りそうな声で言った。

唐木田は返事の代わりに、秘めやかな部分に熱い息を吹きかけた。麻実が嬌声《きょうせい》を零《こぼ》し、裸身をくねらせた。

唐木田は恋人の腰を引き寄せた。

麻実が、また唐木田の猛《たけ》った分身に唇を被せる。唐木田は舌全体で幾度かクレバスの襞《ひだ》を舐《な》め上げた。麻実がなまめかしく呻いた。

唐木田は舌の先で、小さく尖《とが》った芽を打ち震わせはじめた。

それは硬く張りつめ、包皮から弾《はじ》けていた。くすみのないピンクだった。

麻実が狂おしげに舌を閃《ひらめ》かせはじめた。

唐木田も敏感なピンクパールを吸いつけた。揺さぶり、圧《お》し転がし、軽く歯を当てた。甘咬《あまが》みするたびに、麻実は裸身を揉んだ。

二人は競《きそ》い合うようにオーラル・セックスに励んだ。

唐木田は頃合を計って、花びらを貪《むさぼ》った。襞の奥も舌の先でくすぐった。そこは、しとどに潤《うる》んでいた。

あふれた蜜液が舌の上に滴《したた》り落ちてくる。まるで葉を滑る朝露だった。唐木田は、ためらわずに愛液を啜《すす》った。

「いい、いいわ」

麻実がくぐもった声で言い、ディープ・スロートに移った。

唐木田は合わせ目を捌《さば》き、麻実のはざまに右手の中指を沈めた。第二関節まで埋め、天井のGスポットに指先を当てる。

そこは、瘤状《こぶじょう》に盛り上がっていた。快感の証《あかし》だ。指の腹で何度か圧迫すると、さらに膨れ上がった。

唐木田は指でGスポットを愛撫しながら、クリトリスを集中的に舌で刺激した。いくらも経《た》たないうちに、麻実の体が縮こまった。小さな震えを伴っていた。沸点《ふってん》に近づいたようだ。

唐木田は情熱的に唇と舌を使った。

ほどなく麻実は絶頂に達した。愉悦《ゆえつ》の声を迸《ほとばし》らせながら、彼女は柔肌を断続的に強張《こわば》らせた。唐木田の中指は、きつく締めつけられていた。絞り込むような緊縮感だった。内奥《ないおう》はリズミカルに脈打っている。

「たまらないわ、俊さん……」

麻実が顔を浮かせ、切なげに言った。

熱い吐息が唐木田の内腿《うちもも》を撲《う》った。麻実は唐木田の腿を撫ではじめた。情感のこもった愛撫だった。

唐木田は親指の腹で敏感な突起を擦《こす》り、薬指も麻実の体内に潜《くぐ》らせた。右腕に微妙な振動を与えながら、後ろのすぼまった部分を舌でくすぐる。

数分経《た》つと、麻実は二度目の高波にさらわれた。

一段と締めつけ方が強くなった。二本の指は軽く引いても抜けなかった。

唐木田は、麻実の波動が凪《な》ぐまで静かに待った。

何分か過ぎると、麻実の余韻が消えた。唐木田は指を引き抜き、上体を起こした。

麻実がフラットシーツに背中を密着させた。淡紅色の乳首は膨らんだままだった。

唐木田は麻実の股を押し割り、穏《おだ》やかに分け入った。

すぐに無数の襞《ひだ》が吸いつくようにまとわりついてきた。内部は熱くうるんでいたが、どこにも隙間はない。

「わたしだけ二度もエクスタシーを極《きわ》めちゃって、なんだか悪いみたい」

麻実が申し訳なさそうに言った。よく光る黒曜石のような瞳《ひとみ》には、うっすらと紗《しゃ》のような膜《まく》がかかっていた。ぞくりとするほど色っぽい。

「気にすることはないさ。男に較《くら》べて女は何かとハンディを背負ってるんだから、そのくらいはいい思いをしないとな」

「それにしても、男性はかわいそうだわ。快感が瞬間的に昂まるだけだものね」

「何ラウンドもこなせば、満足できるんだよ」

唐木田は麻実の上瞼《うわまぶた》と額にくちづけしてから、抽送《ちゅうそう》しはじめた。

麻実が、むっちりした腿を巻きつけてきた。肌の火照《ほて》りが伝わってくる。いい感じだ。

唐木田は六、七度浅く突き、一気に奥まで進んだ。

結合が深まるたびに、麻実は息を詰まらせた。そのあと、きまって彼女は淫蕩《いんとう》な呻き声を洩らした。

唐木田は強弱をつけながら、一定のリズムで動いた。

がむしゃらに突くだけではなかった。捻《ひね》りも加えた。後退するときは、必ず亀頭の張り出した部分で膣口《ちつこう》を削《そ》ぐようにこそぐった。麻実は、そうされることが好きだった。

唐木田は律動《りつどう》を速めた。

麻実が迎え、腰を使いはじめた。すぐに二人のリズムは合った。

麻実の眉根《まゆね》が深く寄せられた。苦痛に似た表情だが、もちろん悦楽の色だ。零《こぼ》れた白い歯の表面は、いつしか完全に乾いていた。

唐木田はゴールに向かって疾駆《しっく》しはじめた。

それから五分も過ぎないうちに、麻実は三度目の極みに駆け上った。

そのとたん、ジャズのスキャットのような声が洩れはじめた。裸身の震えも大きかった。

唐木田はラストスパートをかけた。

それから間もなく、勢いよく爆《は》ぜた。射精感は鋭かった。ほんの一瞬だったが、頭の中が白濁した。甘やかな痺《しび》れも覚えた。

二人は余韻を汲《く》み取ってから、静かに体を離した。

麻実はピルを服用している。いつも避妊具は使わなかった。

「このまま、ずっとこうしていたいわ」

麻実はティッシュ・ペーパーの束を股の間に挟むと、俯《うつぶ》せになった。

「きょう、葬式はなかったんだよな？」

「ええ。でも、午後から営業に出なくちゃいけないの」

「それじゃ、先にシャワーを浴びたほうがいいな」

「体が痺れちゃって、まだ動けないわ。俊さん、お先にどうぞ」

「それじゃ、そうするか」

唐木田は素っ裸でベッドを下り、そのまま寝室を出た。

間取りは2ＬＤＫだった。ＬＤＫのエア・コンディショナーも作動している。寒くはなかった。

唐木田は浴室に入り、頭から熱めのシャワーを浴びた。

陰毛に麻実の長い髪が一本絡《から》みついていた。脳裏にフェラチオをされているときの情景がありありと蘇《よみがえ》った。下腹が熱を孕《はら》みそうになった。

唐木田は猥《みだ》りがわしいシーンを頭から振り払い、急いで髪を洗った。ボディー・ソープ液を体中に塗り、手早く泡を洗い落とした。

バスローブをまとって、居間のソファに坐る。ラークマイルドに火を点けてから、コーヒーテーブルの上の遠隔操作器《リモート・コントローラー》を摑み上げた。

ワイドテレビの電源を入れると、ニュースが報じられていた。唐木田は紫煙をくゆらせながら、画面をぼんやり眺めた。

画面には、交通事故現場が映し出されていた。じきに画面が変わり、江戸川の河川《かせん》敷《しき》が映った。

「今朝《けさ》五時ごろ、江戸川の河口付近で女性の溺死体《できしたい》が発見されました。亡くなったのは、港区西麻布の女優、有働里沙さん、二十七歳です」

三十代半《なか》ばの男性アナウンサーが言葉を切った。

画面いっぱいに里沙の顔写真が映し出された。

唐木田は、危うく煙草の灰を膝の上に落としそうになった。短くなったラークマイルドの火を揉み消す。

「有働里沙さんは一昨日《おととい》の夜、関東テレビのスタジオから忽然《こつぜん》と消え、関係者が行方を追っていました。警察は殺人事件という見方を強め、所轄署に捜査本部を設けることになりました。そのほか詳しいことは、まだわかっていません。次は、コンビニ強盗のニュースです」

またもや画面が変わった。

唐木田はテレビのスイッチを切り、寝室に駆け込んだ。気配で、麻実が跳《は》ね起きた。

「何かあったのね？」

「有働里沙が死んだ。おそらく殺されたんだろう」

唐木田は、ニュースの内容をつぶさに伝えた。

「有働里沙が殺害されたということは、アドルフ・シュミットの死も他殺だった可能性が高くなったわけね？」

「そういうことだ。おれは、これから六本木の『ワールド・エンタープライズ』に行ってみる」

「里沙が所属してた芸能プロね？」

「ああ。中居が会社にいるかどうかわからないが、できたら里沙のマネージャーの女性に会って話を聞きたいんだ」

「それじゃ、わたしは大急ぎでシャワーを浴びるわ」

麻実がバスローブを素肌に羽織り、ベッドを離れた。

唐木田は洗いざらしのトランクスを穿《は》き、長袖《ながそで》の黒いTシャツを着た。象牙色《ぞうげいろ》のコーデュロイのスラックスを穿いて、カシミヤの黒いタートルネック・セーターを着込む。その上に、スエードの焦茶のジャケットを重ねた。

ちょうどそのとき、ナイトテーブルの上で携帯電話が鳴った。

唐木田は携帯電話を耳に当て、ベッドに浅く腰かけた。

「親分、有働里沙が死んだぜ」

岩上だった。

「少し前にテレビニュースで知って、びっくりしてたとこなんだ。里沙は殺されたようだね？」

「ああ、そいつは間違いない。所轄署にいる知り合いに電話をして、そのことを確かめたんだ。検死で、里沙の首筋に軽い火傷《やけど》の痕《あと》があったらしいんだよ」

「里沙は強力な高圧電流銃《スタンガン》で気絶させられてから、江戸川に投げ込まれたんだろうか」

「おそらく、そうだったんだろう」

「ガンさん、犯行現場を目撃した人間は？」

「あいにく目撃者《モク》はいないそうだ。午後には東大の法医学教室で司法解剖されるって話だったから、何か手がかりは掴めるだろう」

「そうだね」

「親分、東都医大の仲幹雄のことなんだが、アドルフ・シュミットが死んだ翌日から欠勤してるそうだぜ」

「ずっと欠勤してるって？」

「そうらしいんだ。仲ドクターは何らかの理由で、アドルフの死亡診断書に嘘を書いたのかもしれないぜ。そのことで良心が咎《とが》め、うつうつとしてるんじゃないかね？」

「ガンさん、仲幹雄の自宅は探《さぐ》り出してくれた？」

「親分、おれを駆け出し扱いする気かい？」

「そんなつもりで訊いたんじゃないんだ。気に障《さわ》ったんだったら、謝るよ」

「いいって、気にすんなって。仲の家《ヤサ》は世田谷区用賀三丁目にあるそうだ。これから、用賀に行ってみるよ」

「雪の中大変だろうが、ガンさん、よろしく！」

唐木田は先に電話を切り、ダイニング・キッチンに歩《ほ》を運んだ。キッチンで手早くコーヒーを沸《わ》かす。

ダイニング・キッチンにコーヒーの香りが充満したころ、麻実が浴室から出てきた。白いバスローブ姿だった。

「コーヒーを淹《い》れてくれたみたいね？」

「ああ。コーヒーを一杯飲んだら、おれは出かける」

「なら、わたしも一緒に部屋を出るわ」

「そうか。麻実がシャワーを浴びてるとき、ガンさんから電話があったんだ」

唐木田はそう前置きして、詳しいことを喋《しゃべ》った。

「有働里沙が殺されたんなら、おそらくアドルフ・シュミットも殺害されたんだと思うわ」

「そう考えてもよさそうだな」

「急いで身仕度をするわ」

麻実が寝室に足を向けた。

唐木田は二つのマグカップにコーヒーを注いだ。コーヒー豆は、キリマンジャロだった。

ダイニング・テーブルについて、煙草をくわえた。喫《す》い終えて間もなく、麻実が寝室から姿を見せた。きちんと身繕いをし、薄く化粧を施《ほどこ》している。美しかった。

二人は差し向かいでコーヒーを飲みはじめた。

「こんなときになんだけど、さっきベッドの中で、わたし、おかしなことを考えちゃったの」

麻実が恥じらいながら、呟《つぶや》くように言った。

「そうか」

「深く感じたときにね、わたし、いつか俊さんの子供を産《う》みたいなと思っちゃった」

「おかしなこと？」

「いやだわ、そんな困った顔をしないで。別に結婚してくれなんて言わないわよ」

「危険な裏稼業をやってるうちは、おれは誰とも結婚する気はない」

「ええ、わかってるわ。わたしだって、チームの仕事はずっとつづけるつもりよ。だから、子供を産む気はないわ。ただ、ちょっと夢想してみただけ。未婚の母でも、惚《ほ》れた男の子供なら育てていけるかなって思ったりしたのよ」

「麻実、チームを脱《ぬ》けてもいいぞ」

唐木田は、わざと突き放すような言い方をした。

「急に何なの？」

「おれたちの裏仕事は、常に死と背中合わせなんだ。平凡な暮らしを少しでも望む気持ちがあるんだったら、チームから離れたほうがいい」

「ごめんなさい。つい甘い考えを持ってしまったわ。わたし、チームから脱ける気なんてないの。それは、わかってね」

「だったら、おれの心を搔《か》き乱すようなことは言わないでくれ。おれだって、好きな女が望んでることはすべて叶《かな》えてやりたいさ。しかし、処刑チームを結成したのは、このおれなんだ。まさかリーダーのおれが脱けるわけにはいかないじゃないか」

「嬉しいわ。いまの言葉だけで、わたしは充分よ」

麻実が笑みを浮かべ、ごく自然に手を重ねてきた。唐木田は麻実のほっそりとした白い手を握り返し、目でうなずき返した。

二人は黙ってコーヒーを飲み干し、ほどなく部屋を出た。五〇五号室である。

唐木田たちは、エレベーターで地下駐車場まで下《くだ》った。

「何かあったら、連絡して」

麻実が先に赤いフィアットに乗り込んだ。イタリア製の小型車は、すぐに走り去った。

唐木田は自分のレクサスの運転席に坐った。

車体の色はパーリーホワイトだった。エンジンを始動させ、ゆっくりと発進させる。

スロープを一気に登り、マンションの外に出た。

一面の銀世界だった。雪の白さが目に沁《し》みる。

積雪は十センチを超えていそうだ。しかし、タイヤにチェーンを装着するのは億劫《おっくう》だった。

唐木田は安全運転を心掛けながら、六本木に向かった。

4

人が群れていた。

夥《おびただ》しい数だ。報道関係者ばかりだった。芸能レポーターの姿も交じっている。

『ワールド・エンタープライズ』本社ビルの表玄関前だ。

唐木田はレクサスを脇道に入れ、数十メートル先で路肩《ろかた》に寄せた。交通量の多い幹線道路の雪はシャーベット状に解《と》けていたが、裏通りの積雪はそのままだった。

唐木田は携帯電話を懐から取り出し、中居の携帯電話を鳴らした。すぐに中居が電話口に出た。

「おれだ。テレビニュースを観《み》たよ。最悪の事態になっちまったな」

「ああ。なんだか悪い夢を見てるようで、まだ有働里沙が死んだという実感がないんだ」

「そうだろうな。いまさら遅いと言われるかもしれないが、今回の事件のことを個人的に調べてみたいんだ。おまえについ嘘をついてしまったが、実は知り合いの刑事がいるんだよ。どうだろう?」

「………」

「里沙捜しに協力しなかったことを根に持ってるようだな」

「唐木田、誤解しないでくれ。即座に返事ができなかったのは、上司に相談すべきかどうか迷ってたからなんだ」

「なにも上司に相談することはないと思うがな。おれは捜査当局と張り合う気持ちで事件に首を突っ込む気になったわけじゃないんだ。おまえの相談に素っ気ない態度をとっちまったんで、なんとなく寝覚《ねざ》めが悪くってな。だから、個人的に捜査をしてみる気になったんだよ」

　唐木田は、もっともらしく言った。まさか裏仕事の獲物を見つけることが目的とは明かせない。

「知り合いの刑事というのは、本庁捜査一課の人間なのか？」

「いや、渋谷署の刑事だよ。しかし、ベテランなんだ。頼りになる男だぜ」

「そうか。それじゃ、おれが唐木田に捜査というか、調査を依頼したって形で協力してもらおう」

「わかった。実はおれ、会社のそばまで来てるんだ。近くの喫茶店かどこかで、いろいろ話を聞かせてもらいたいな」

「会社の並びに『竹庭《ちくてい》』って和風喫茶があるから、そこで待っててくれないか。すぐに行くよ」

「中居、有働里沙のマネージャーだった女性は社内にいるのか？」

「ああ、いるよ」

「その女性を連れてきてもらえると、ありがたいんだがな」

「わかった」

電話が切れた。

唐木田は携帯電話をスエードのジャケットの内ポケットに突っ込み、車のエンジンを切った。レクサスを降り、表通りに出る。

『竹庭』は右手にあった。中居の会社とは反対側だった。

唐木田は舗道の雪を踏みしめながら、四、五十メートル歩いた。目的の店に入ると、琴の調べが流れてきた。生演奏ではなく、ＣＤだった。

店内は箱庭のような造りで、中央部に孟宗竹《もうそうちく》が形よく植えられている。その近くには、苔《こけ》むした石が置いてあった。壁面には、ところどころ障子戸が飾られている。

客の姿は疎《まば》らだった。

唐木田は奥の席に着いた。すぐに着物姿のウェイトレスが水を運んできた。唐木田は昆布茶《こぶちゃ》セットを注文した。

ウェイトレスが下がった。

唐木田は煙草に火を点けた。一服し終えたとき、昆布茶セットが運ばれてきた。茶菓は掻《か》き餅《もち》だった。

昆布茶を半分ほど啜《すす》ったとき、中居がやってきた。連れの女性は三十一、二だった。地味な印象を与える。

唐木田は立ち上がって、里沙のマネージャーだった女性に会釈《えしゃく》した。彼女は林葉《はやしば》洋子《ようこ》という名だった。中居と洋子が並んで坐り、どちらも昆布茶セットをオーダーした。

「中居からお聞きでしょうが、知り合いの刑事とペアを組んで、今回の事件のことを少し調べてみようと思ってるんです」

唐木田は洋子に顔を向けた。

「よろしくお願いします」

「早速ですが、里沙さんは生前、あなたにアドルフ・シュミットは殺されたのかもしれないと洩らしたそうですね？」

「ええ。里沙は、誰にも言わないでほしいと前置きしてから、はっきりと……」

「アドルフが命を狙われることについては、何か言いませんでした？」

「わたし、里沙にそのことをしつこく訊いてみたんです。そうしたら、彼女はアドルフが脅迫に屈しなかったからだと言いました」

「アドルフは誰かに脅迫されてたのか」

「あっ、どうしよう⁉　まずかったですか？」

洋子がうろたえ、かたわらの中居に縋《すが》るような眼差《まなざ》しを向けた。

「唐木田には言わなかったんだが、アドルフと里沙の自宅マンションに、二人の不倫を裏付ける盗撮写真が去年の十一月ごろ、正体不明の人物から送りつけられたんだ」

「どんな写真だったんだい？」

「アドルフの自宅マンションの居間で二人がワインを飲んでるとこを隠し撮りされたんだ。里沙もアドルフも、バスローブ姿だったんだよ」

「そりゃ、まずいな」

「里沙は時々、アドルフのマンションに泊まってたんだ。おそらく写真週刊誌の契約カメラマンが向かいのマンションの非常階段かどこかから、望遠レンズで盗み撮りしたんだろう。そのスキャンダル写真が正体不明の脅迫者に渡ったんだろうな」

中居がそう言い、急に上体をソファの背凭《せもた》れに預けた。洋子も上半身をわずかに反らした。

ウェイトレスが二人の昆布茶セットを運んできたからだ。唐木田はラークマイルドをくわえた。じきにウェイトレスがテーブルから離れた。

「脅迫状の内容は？」

唐木田は中居に訊いた。

「脅迫状は入ってなかったんだ。紙焼きが十二、三葉《よう》入ってただけなんだよ。差出人の名も、もちろん書いてなかった」

「消印は？」

「東京中央郵便局のスタンプが捺《お》されてた」

「脅迫者はスキャンダル写真だけを先に二人に郵送して、後日、電話かファックスでネガの買い取りを要求したわけか？」

「それが妙な話で、里沙は何も要求されなかったようなんだ」

中居がそう言い、洋子の顔を見た。

「ええ、そうなんですよ。わたし、里沙に犯人が口止め料を出せと言ってきたら、すぐに教えてと言っといたんですけど、脅迫者からは何も連絡がなかったようなんです」

「里沙さんがこっそり犯人に口止め料を渡したとは考えられませんか？」

「そういうことはなかったと思います。といいますのは、お金の管理はわたし任せでしたから。里沙から数十万円、数百万円単位のお金を銀行から下ろしてほしいと頼まれたことは一度もなかったんです」

「そうですか。里沙さんは西麻布のマンションには、ひとりで暮らしてたのかな？」

「はい、そうです。でも、ほとんど一日中わたしと行動を共にしてましたから、里沙が脅迫者とどこかで接触したとは考えにくいですね。わたし、彼女のマンションの近くにアパートを借りてるんです。それに、里沙の部屋に泊めてもらうことも割に多かったんです」

「それでも四六時中、一緒だったわけじゃありませんよね？」

「ええ、それはそうですが……」

「脅迫者が金以外のものを里沙さんに求めた可能性もあるな」

「それは、たとえば肉体とかでしょうか？」

洋子が伏し目がちに問いかけてきた。

「ええ、まあ」

「里沙は案外、身持ちがいいんです。アドルフにぞっこんでしたから、たとえ脅迫者に体を求められても、頑《かたく》なに拒んだでしょう」

「その点は、おれもそう思うよ。里沙はグラマラスだったから、性的にルーズと見られがちだったが、男関係は乱れてなかったんだ」

中居が会話に割り込んだ。

「里沙さんには何も要求する気がなかったとしたら、脅迫者はなぜスキャンダル写真を自宅マンションに送りつけたんだろうか。そいつが謎だな」

「唐木田、犯人の狙いは里沙を怯《おび》えさせることだったんじゃないのかね？　そうなれば、アドルフも何らかの責任を感じると思うんだ」

「それは、そうだろうな。つまり、脅迫者は不倫の事実を押さえて、アドルフに何かを要求してたってことか」

「そうだったんだろうな。しかし、アドルフは脅迫に屈しなかった。だから、里沙は彼が殺されたのかもしれないと考えたんじゃないだろうか」

「なるほど、話の辻褄《つじつま》は合うな。アドルフ・シュミットは、いったい何をさせられそうになったんだろうか」

　唐木田は腕を組んだ。

「金を要求されたんじゃないような気がするな」

「となると、八百長試合を強《し》いられたのかもしれない」

「八百長か」

「中居、確か去年の十二月にトルネードのグランプリ決勝戦で、アドルフはブラジルの鉄人と呼ばれた対戦相手に二ラウンドでKO勝ちしてるよな？」

「ああ、みごとなKO勝ちだった」

「そのグランプリ戦で、アドルフ・シュミットは脅迫者にわざと負けろと言われたんじゃないのかな？　しかし、アドルフは格闘家としてのプライドを守り抜いて、対戦相手をマットに沈めてしまった。そのため、彼は病死に見せかけて殺害されたんじゃないだろうか」

「ということは、東都医大病院の仲幹雄ドクターは虚偽の死亡診断書を書いたことに……」

「知り合いの刑事が調べてくれたんだが、担当医の仲はアドルフが死んだ翌日から、ずっと欠勤してるというんだよ。何か疚《やま》しさがあるから、病院に顔を出せないんじゃないだろうか」

「うむ」

「少し前に知り合いの刑事が仲幹雄の自宅に向かったんだ。仲が事実を曲げたのかどうかは、間もなくはっきりするだろう」

「仲ドクターが虚偽の死亡診断を書いたとは思いたくないがね。それはそうと、アドルフが脅迫者に八百長試合を強要したんだとしたら、そいつは格闘技賭博《とばく》組織に関わってるわけだな？」

「そう考えてもいいだろう」

「どこかの暴力団が秘密賭博組織を仕切ってるんだろうか。堅気が胴元はやれないだろうからな」

「そうとは限らないんじゃないか。いまは、素人が筋者《すじもの》よりもダーティーなビジネスをやってる時代だからな。現に半グレ集団が増えてる」

「言われてみれば、堅気とアウトローの境界線がぼやけはじめてるな」

中居がそう言い、昆布茶を飲んだ。

「ところで、里沙さんの司法解剖はきょうの午後に東大の法医学教室で行われるらしいな？」

「そうなんだ。司法解剖の結果を待つまでもなく、里沙が殺されたことは間違いないよ。彼女の首筋に高圧電流銃《スタンガン》を押しつけられたときの火傷《やけど》の痕《あと》がくっきりと残ってたと警察の人が言ってたんだ」

「やっぱり、そうだったか。おれもニュースを聞いたとき、そうじゃないかと思ったんだ。おそらく里沙さんは気を失ってる間に、江戸川に投げ込まれたんだろう」

「そうなんだろうな、かわいそうに。里沙は泳げなかったんだ。さぞ冷たくて、苦しかっただろう」

「スキャンダル写真のほかに、里沙さんの身辺に何か変わったことはなかった？」

唐木田は中居と洋子を等分《とうぶん》に見た。洋子が少しためらってから、口を切った。

「事件には関係がないと思いますけど、里沙に引き抜きの話がありました」

「ほかの芸能プロからオファーがあったんですね？」

「ええ、里沙が個人的にね」

「そのプロダクションは、どこなんです？」

「新興系の芸能プロの中で最も勢いのある『ドリーム企画』だよ」

洋子の代わりに、中居が答えた。

「おれは芸能界に疎《うと》いんだ。中居、その芸能プロのことを少し説明してくれないか」

「ああ、いいよ。『ドリーム企画』は二十七、八年前に設立された会社で、所属タレントはそれほど多くないんだ。しかし、系列の子会社を十社近く抱えて、グループ全体の申告所得総額は毎年七十億円を超えてる」

「所属タレントは超大物ばかりなんだな？」

「超大物はそれほど多くないんだが、若手人気女優や有名演歌歌手が所属してるんだよ。しかし、それだけで年に七十億円も稼げない。『ドリーム企画』は音楽出版ビジネスの魁《さきがけ》で、約五千曲の著作権を保有してるんだ」

「著作権？」

唐木田は問い返した。

「そう。正しくは音楽著作権ということになるが、そうした知的所有権ビジネスで大成功を収めたんだ」

「音楽著作権はレコード会社が所有してるんじゃないのか？」

「昔は、レコード会社が多くの音楽著作権を持ってた。しかし、二十年ぐらい前から芸能プロが自ら音楽制作に乗り出したり、音楽出版社を設立するようになったんだよ」

「テレビ局が番組制作会社に番組制作を請け負《お》わせてるように、レコード会社もＣＤ

の自主制作枚数を減らしてるわけか?」

「ま、そういうことだな。音楽出版社は楽曲をプロモートする代わりに、作詞家や作曲家から著作権の一部を譲渡してもらうんだ。音楽著作権を持つと、楽曲の生演奏、CD発売、カラオケなどで印税や楽曲使用料が入ってくるんだよ」

「なるほどな。曲がミリオンセラーにでもなれば、莫大な利益を得られるってわけか」

「そうなんだ。音楽出版社はレコーディング費用なんかを提供するわけだから、割に著作権を入手しやすいんだ。『ドリーム企画』は、ほかのプロダクションに所属してる人気歌手やミュージシャンの著作権をたくさん押さえてるんだよ」

「中居、ちょっと待ってくれ。なぜ、そんなことができるんだ? 同業の芸能プロがよく黙ってるもんだな」

「いま、説明しよう。CDシングルの制作費は演歌で一曲二百数十万円、ポップス歌謡やロックだと五百万前後かかるんだ。弱小の音楽制作プロは新人や中堅歌手に、そこまで投資できないことがある。そんなとき、資金的に余裕のある音楽出版社が制作費を肩代わりするわけさ」

「音楽出版社は、その見返りとして原盤印税を貰うんだな?」

「そういうこと。原盤印税は最低でも二十パーセントで、上限は四十パーセント近いんだ。仮にCDシングルが百万枚売れたら、音楽出版社の取り分は約二億円になる」

「いいビジネスだな」

「うん、まあ。もっとも曲がミリオンセラーになるケースはそう多くないから、いつもおいしい思いができるわけじゃないがね。それでも原盤権や音楽著作権を持ってりゃ、高収益は見込める」

　中居が言って、昆布茶で喉を潤した。

「そういうことになるな」

「『ドリーム企画』は、ドラマの主題歌やCMソングの音楽著作権もたくさん保有してるんだよ。社長の箱崎一紀《はこざきかずのり》は顔が広くて、マスコミや芸能界ばかりじゃなく、政治家、財界人、プロゴルファー、野球選手とも親交があるんだ」

「箱崎という社長は、いくつなんだ？」

「五十五、六だったと思うよ。ちっとも偉ぶらないから、周《まわ》りに自然に人が集まるんだろうな。事実、気さくな人物だよ」

「社長の前歴は？」

「経歴は謎だらけなんだが、二十代のころに保守系の国会議員の私設秘書をやってたことは確かなようだ。その後、どういう経緯《いきさつ》で芸能プロを興《おこ》したのかはわからないが、遣《や》り手であることは間違いないよ」

「里沙さんに引き抜きの話を持ちかけてきたのは、箱崎社長自身なのか？」

唐木田は畳みかけた。

「いや、若い制作部員の男だよ。山本弘《やまもとひろし》という名だったかな」

「里沙さんは、引き抜きの話をはっきりと断ったのか？」

「断ったはずだよ」

中居がそう言い、隣の洋子を見た。洋子は無言で大きくうなずいた。

「中居、『ドリーム企画』から厭《いや》がらせは？」

「そういうことはなかったよ。向こうは破竹の勢いの芸能プロだから、里沙の引き抜きに失敗したところで、痛くも痒《かゆ》くもないだろう。それに、これは業界の噂なんだが、『ドリーム企画』は近い将来、異種格闘技ショーの興行も手がけるって話だから、新事業のことで頭が一杯なんじゃないのかな」

「箱崎社長は、トルネードと張り合う気でいるんだろうか」

「さあ、そこまでは考えてないと思うけどね」

「そうか。中居、西麻布の里沙さんのマンションには、まだ捜査員がいるのか？」

「もう刑事たちは引き揚げたと思うが、部屋には身内以外の者は絶対に入れるなと言われてるんだ」

「そうだろうな。後日、マンションに聞き込みに行きたいんだ。マンション名と住所を教えてくれないか」

唐木田は懐から手帳を抓《つま》み出した。中居が質問に答えた。唐木田は必要なことを書き留《と》め、中居に話しかけた。

「故人の弔《とむら》いは、東京でやるのか？」

「会社としては、こっちで盛大な葬式をやるつもりだったんだが、神戸にいる遺族が密葬にしたいと言うんで、司法解剖が済んだら、きょうのうちに亡骸《なきがら》を実家に搬送《はんそう》することになってる」

「そうなのか。司法解剖で何かわかったら、おれの携帯を鳴らしてくれ」

「ああ、わかった」

中居がセブンスターに火を点けた。

三人は十分ほど雑談を交わし、和風喫茶を出た。

唐木田は表通りで中居たち二人と別れ、レクサスに乗り込んだ。死んだ女優の自宅マンションに忍び込む気になっていた。

唐木田は車をスタートさせた。

第二章　格闘技賭博の疑惑

1

表玄関のドアはオートロック・システムだった。

『西麻布エミネンス』だ。十一階建ての高級マンションである。

唐木田はポーチから離れ、マンションの地下駐車場の出入口に回った。オートシャッターで閉ざされ、地下駐車場の内部は見えない。

唐木田は植え込みの陰にしゃがみ込み、足許《あしもと》の雪を搔《か》いた。

地面に平たい石が埋まっていた。その石を拾い上げ、オートシャッターの横まで進んだ。

十数分待つと、地下駐車場のオートシャッターがゆっくりと巻き上げられた。スロープから車のエンジン音が小さく響いてきた。

待つほどもなく、ドルフィンカラーのＢＭＷが走り出てきた。

ハンドルを握っているのは、三十歳前後の女だった。マンションの居住者だろう。

ＢＭＷが遠ざかった。

オートシャッターが下がりはじめた。

唐木田はシャッターの真下に、平たい石を置いた。

シャッターの底部が石を嚙《か》んだ。次の瞬間、ふたたびオートシャッターが上がりはじめる。

唐木田は石を拾い上げ、シャッターの下を潜《くぐ》り抜けた。スロープの下には、防犯ビデオカメラが設置されていた。

唐木田は下を向いたまま、一気にスロープを駆け下りた。

ビデオテープに顔は半分も映らなかったはずだ。広い駐車場には、超高級外車が何台も駐《と》めてあった。

唐木田はエレベーターに乗り込んだ。有働里沙の部屋は一〇〇一号室だった。

十階で降り、目的の部屋に近づく。歩廊《ほろう》には誰もいなかった。

唐木田は布手袋《ぬのてぶくろ》を両手に嵌《は》め、スエードのジャケットのポケットから手製の解錠道具セットを取り出した。編み棒に似た金属棒と平たい金具が七種ほど詰まっている。

ピッキングに要した時間は、一分足らずだった。

唐木田は一〇〇一号室に忍び入った。室内には、甘い匂《にお》いが漂っていた。香水と化粧の残り香だろう。

唐木田は靴を脱いで、奥に進んだ。

間取りは、いわゆる2LDKだった。しかし、各室が広い。専有面積は百平方メートル前後だろう。

居間の両側に居室《きょしつ》がある。右側の部屋は寝室で、左側は床の間付きの和室だった。和室は十畳間だ。

唐木田は居間から物色しはじめた。

くまなく検《しら》べてみたが、脅迫状の類《たぐい》は見つからなかった。寝室に移る。クローゼットの中を覗《のぞ》き、チェストの引き出しもすべて開けてみた。

ダブルベッドのマットを捲《めく》り、ナイトテーブルの引き出しを検《あらた》める。しかし、手がかりになるような物は何も見つからなかった。

唐木田は寝室を出た。

そのとき、玄関ドアの向こうで足音が止まった。唐木田は抜き足で玄関ホールに戻り、自分の靴を抓《つま》み上げた。素早く洗面所に身を隠す。

ドアが開けられた。

唐木田は物陰から、玄関ホールに目を向けた。じきに林葉洋子の横顔が見えた。里沙のマネージャーだった洋子は、慌《あわ》ただしく居間に入った。

女性マネージャーは何をしに来たのか。

唐木田はあれこれ考えてみたが、見当がつかなかった。五分ほど経《た》ったころ、洋子が戻ってきた。紙の手提《てさ》げ袋を持っていた。

衣類の上に、化粧道具が載《の》っている。洋子は里沙の死化粧をするつもりなのか。

唐木田は息を殺しつづけた。

洋子が黒いブーツを履《は》き、あたふたと部屋を出ていった。唐木田は洋子の靴音が遠ざかってから、和室に入った。

部屋の隅々までチェックしてみたが、何も収穫は得られなかった。唐木田はダイニング・キッチンに移り、食器棚や冷蔵庫の中を検べた。

床のハッチを開け、ストックボックスも覗いた。しかし、無駄骨を折っただけだった。

唐木田は徒労感を覚えながらも、粘り強く物色しつづけた。

洗濯機や乾燥機の中に首を突っ込み、洗剤の箱の中にも指を入れた。と、洗剤の中にプラスチック容器が埋まっていた。中身は超小型ＩＣレコーダーだった。

唐木田はプラスチック容器から超小型ＩＣレコーダーを取り出し、再生ボタンを押した。

男と女の音声が録音されていた。

──初めまして。わたし、『ドリーム企画』の山本弘《やまもとひろし》と申します。きょうは貴重な時間を割《さ》いていただいて、ありがとうございます。

――挨拶《あいさつ》はいいから、早く用件をおっしゃって。このあと、雑誌のインタビューがあるの。

――それでは、単刀直入に申し上げます。里沙ちゃん、うちの会社に移籍しませんか。こう言ってはなんですが、『ワールド・エンタープライズ』にいたら、いま以上は大きく羽ばたけないと思います。うちの会社なら、あなたを国際派女優に育て上げることもできます。アメリカの人気男優と共演してみたいと思いませんか？」

――夢のような話だけど、『ドリーム企画』に移るわけにはいかないわ。

――なぜです？

――『ワールド・エンタープライズ』には、恩義があるもの。社長はレースクイーンだったわたしを見出して、女優にしてくれたのよ。売り出しには、億近いお金をかけてくれたらしいの。

――ええ、そうでしょうね。しかし、とうに投資した分は回収してますよ。それどころか、『ワールド・エンタープライズ』は大儲《おおもう》けしてます。それなのに、未《いま》だに月給は五百万程度なんでしょ？

――ええ、まあ。

――搾取《さくしゅ》されてるんですよ、里沙ちゃんは。うちの会社に来てくれたら、最低月に一千万円は払います。もちろん、マンションの家賃、車、衣裳《いしょう》代なんかは会社持ちです。箱崎社長は二億円の支度金を払うとも言ってるんです。

――条件は悪くないけど、『ドリーム企画』に移る気はないわ。お金よりも大事なものがあるでしょ？

――うちの箱崎が『ワールド・エンタープライズ』の社長と話をつけますよ。むろん、違約金も当社で払います。

――せっかくのお話だけど、お断りするわ。

――里沙ちゃん、そう結論を急がなくてもいいでしょう。彼氏に相談してみてくださいよ。

――彼氏って？

――おとぼけだな。わかってるんですよ、われわれは。あなたがトルネードのスターファイターと熱々の関係だってことをね。

――えっ。

――おや、急に顔から血の気が引きましたね。

――あなた、わたしを脅してるのねっ。

――それは誤解です。わたしは紳士的に里沙ちゃんを引き抜きたいだけですよ。

――何が紳士的よっ。冗談じゃないわ。

――そう興奮しないで、冷静に商談を進めませんか。彼氏が日本にいられなくなったら、里沙ちゃんも淋《さび》しくなるでしょう？

――移籍話に応じなかったら、わたしとアドルフのことを芸能週刊誌やスポーツ紙にリークするつもりなのね！

――そんな下卑《げひ》たことはしませんよ。ただ、里沙ちゃんの気持ちがずっと変わらないときは、アドルフ・シュミットさんに説得してくれるようお願いすることになるでしょうね。

――汚《きたな》い手を使うのね。たとえ彼との仲が駄目になっても、わたしは『ドリーム企画』には移りません！

――そんなふうに突っ張ってると、後悔することになるんじゃないかな。

――あなたたちは最低だわ。

里沙が憤然《ふんぜん》と席を立つ気配がして、ほどなく音声が途絶えた。唐木田は停止ボタンを押し、超小型ＩＣレコーダーをジャケットのポケットに入れた。

プラスチック容器を屑《くず》入《い》れに投げ込んだとき、懐で携帯電話が着信音を刻みはじめた。唐木田は一瞬、どきりとした。

携帯電話を耳に当てると、岩上の声が流れてきた。

「いま、仲幹雄の家を出てきたとこなんだ。親分、アドルフ・シュミットはやはり病死じゃなかったぜ。看護師が特別室を巡回したときは、すでにアドルフの呼吸は停止してたらしいんだ。当直の医師が心臓に電気ショックを与えたそうだが、アドルフはついに蘇生《そせい》しなかったというんだよ。死因は窒息死だったらしい」

「仲ドクターは、なぜ急性肺炎などという虚偽の死亡診断書を書いたんだろう？　東都医大病院内で殺人事件があったことが世間に知れたら、イメージダウンになると考えたんだろうか」

「その通りだ。仲は病院から連絡を受けて、ただちに勤務先に駆けつけたらしい。それでアドルフが誰かにゴムシートで鼻と口を塞《ふさ》がれて窒息死させられたと直感したそうだ。事実、アドルフの口の周《まわ》りには生ゴムの滓《かす》が付着してたらしい。それから、アドルフの指には犯人の物と思われる頭髪が数本絡みついていたっていうんだ」

「ドクターの仲は生ゴムの滓や頭髪をこっそり処分して、急性肺炎でアドルフが死んだってことにしたわけか」

「そうらしい。仲は虚偽の死亡診断書を認《したた》めたことで良心の疼《うず》きを覚えて、出勤する気になれなかったんだと言ってた」

「ガンさん、ほかに仲幹雄は何か言ってなかった？」

唐木田は問いかけた。

「アドルフは殺される直前にセックスしてたんじゃないかと言ってたよ。性器にペーパーの滓《かす》が付着し、トランクスには女の飾り毛がくっついてたらしいんだ」

「有働里沙がアドルフの病室をこっそり訪ね、ベッドの上で睦《むつ》み合ったんじゃないのかな？」

「おれも、そう思ったよ。里沙が帰ったあと、アドルフは誰かに殺《や》られたんだろうな」

「ああ、多分ね」

「親分のほうは何か摑《つか》んだかい？」

岩上が訊《き》いた。

唐木田は中居と林葉洋子に会ったあと、里沙の自宅マンションで超小型ＩＣレコーダーを発見したことを話した。録音音声の内容も喋《しゃべ》った。

「『ドリーム企画』が臭《くせ》えな」

「ガンさん、ちょっと待ってくれないか。アドルフや有働里沙を始末しても、『ドリーム企画』には何もメリットがないんだぜ。むしろ、金銭的にはデメリットになる。アドルフも里沙も、まだまだ稼げたはずだからな」

「確かに、そうだな。しかし、損得よりも殺害しなきゃ危《ヤバ》いことがあったんだろう。『ドリーム企画』は不倫を脅しの材料にして、何か荒っぽい方法で有働里沙を取り込もうとした。それを知ったアドルフが怒って、何らかの反撃に出た。それで、『ドリーム企画』はアドルフと里沙を葬《ほうむ》らざるを得なくなった。そうか、箱崎は秘密賭博《とばく》の胴元なのかもしれないぜ。で、『ドリーム企画』の社長はアドルフに八百長を持ちかけた」

「ところが、アドルフは八百長試合をしなかった。それで、保身のため、箱崎は秘密を知られた二人を始末せざるを得なくなった？」

「おおかた、そんなとこなんだろう」

岩上が答えた。

「しかし、ガンさん、まだ箱崎が格闘技賭博の胴元だって決まったわけじゃない」

「ああ。もう少し箱崎の身辺を洗う必要があるな」

「おれの高校時代の友人が東日本スポーツ新聞で記者をやってるんだ。そいつに会って、情報を集めてみるよ」

「そうかい。それじゃ、おれは捜査本部の動きを探《さぐ》ってみらあ」

「よろしく！　話は前後するが、ガンさん、仲幹雄には虚偽診断のことで刑事告発すると言ったの？」

「そう脅してドクターの口を割らせたんだが、もちろん刑事告発する気なんかないよ。そんなことをしたら、場合によっては藪蛇《やぶへび》になるからな」

「仲ドクターには、不問《ふもん》に付すと言って辞去したわけだ？」

「ああ」

「それを聞いて、安心したよ」

「おれは現職刑事だが、軽微な犯罪《ヤマ》はどうでもいいと考えてるんだ。追い込まなきゃならないのは、善人ぶってる大悪党どもさ」

「まったく同感だね。それはそうと、ガンさん、いまも報酬を受け取る気にならない？」

「親分、その話は二度としないって約束だったはずだぜ」

「そのことは忘れちゃいないよ。しかし、ガンさんは裏仕事の経費も請求しようとしない。だから、なんか心苦しいんだ」

「経費なんか、たいしてかかっちゃいない。そのうち、まとめて親分に請求するよ」

「それはそれとして、ガンさん、せめて毎月百万の報酬を受け取ってくれないか」

「懲戒免職になったら、親分に泣きつくよ。それまでは、一円だって受け取らない」

「ガンさんは漢《おとこ》だな」

「年上の人間をからかうなって」

「からかったわけじゃないんだ。ガンさんみたいな生き方に憧《あこが》れてるんだよ」

「やめてくれ。尻《けつ》の穴がむず痒《がゆ》くなるじゃねえか」

「照れてるガンさんも嫌いじゃないな」

唐木田は携帯電話の終了キーを押し、マナーモードに切り替えた。携帯電話を懐に戻し、里沙が住んでいた部屋を出る。

エレベーターで一階に降り、堂々と表玄関から表に出た。オートロック・システムのドアでも、出るときは特別な制約はない。

レクサスは少し先の路上に駐《と》めてある。車に乗り込んだとき、鋭い空腹感を覚えた。唐木田は六本木までレクサスを走らせ、レストランに立ち寄った。フィレステーキを食べてから、築地にある東日本スポーツ新聞東京本社に向かった。

目的地に着いたのは、午後二時過ぎだった。

唐木田は受付で、旧友の柿沢誠《かきざわまこと》を呼び出してもらった。

玄関ロビーで数分待つと、奥のエレベーター・ホールの方から柿沢がやってきた。カジュアルな恰好《かっこう》で、髪も長く伸ばしていた。

「よう、しばらくだな。一年ぶりか」

「そうだな。柿沢、ちょっと外に出られないか?」

「ああ、いいよ」

「それじゃ、近くのコーヒーショップに行こう」

唐木田は先に歩きだした。

二人は二百メートルほど肩を並べて歩き、オフィスビルの地階にあるコーヒーショップに入った。奥のテーブルにつき、どちらもブレンドコーヒーを注文した。

「誰かと再婚する気にでもなったのかな?」

柿沢が冗談めかした口調で言い、コップの水を飲んだ。

「もう結婚する気はないよ」

「しかし、まだ若いんだから、二度目の奥さんを貰《もら》ってもいいんじゃないのか?」

「そんなことより、芸能プロの『ドリーム企画』のことを教えてもらいたいんだ。箱崎社長のことを含めてな」

唐木田は言った。すると、柿沢の顔に狼狽《ろうばい》の色がさした。困惑している様子だった。

「芸能部のデスクをやってるんだから、当然、『ドリーム企画』のことは知ってるよな?」

「むろん、知ってるさ。唐木田、何をしようとしてるんだ?」

「おれの遠縁の女子大生が『ドリーム企画』の山本弘とかいう社員に、タレントにならないかって原宿で声をかけられたらしいんだよ。それで、おまえに『ドリーム企画』や箱崎社長の評判を聞きに来たんだ」

唐木田は、とっさに思いついた嘘《うそ》を口にした。

ちょうどそのとき、ウェイターがコーヒーを運んできた。会話が中断した。ウェイターが遠ざかると、柿沢が小声で言った。

「その誘いは、うまく断ったほうがいいな」

「どうして?」

「『ドリーム企画』には、いろいろ黒い噂《うわさ》があるんだよ。箱崎社長は裏社会とも太いパイプを持ってるらしいんだ。強引な経営手法に同業者たちは眉《まゆ》をひそめてるんだが、誰も表立って箱崎社長に文句をつける人間はいない。同業者だけじゃなく、テレビ局やレコード会社の連中も『ドリーム企画』には楯突《たてつ》けないんだ。箱崎社長は、隠然たる力を持ってるからな」

「アンタッチャブルな存在ってことか」

「ま、そうだな。社長自身は苦労人だから、決して他人《ひと》の気を逸《そ》らさないんだ。ただ、事業欲が強くってね。老舗《しにせ》の大手芸能プロから看板タレントを引き抜いたりしてるんだ。死んだ有働里沙も引き抜きしかけたという話も洩《も》れ聞いてる。それから、『ドリーム企画』が異種格闘技ショーのプロモートに乗り出すって噂も流れてるんだ」

「相当な野心家みたいだな、箱崎社長は」

唐木田は言って、コーヒーをブラックで啜《すす》った。

「それは確かだよ」

「仕事にエネルギッシュな男は、女道楽も烈《はげ》しいって言うよな。箱崎社長には何人も愛人がいるんだろう?」

「その件については、ノーコメントだな。うっかり余計なことを喋って、荒っぽい男たちに尾《つ》けられたくないからな」

「いまの言葉で、察しはつくよ」

「遠縁の娘《こ》には芸能界入りを諦《あきら》めさせたほうがいいな。芸能界の表側は華《はな》やかだが、その裏側はかなり醜いからな。よっぽど強《したた》かな人間じゃないと、とても泳ぎ切れるもんじゃない」

「そうだろうな。親類の女子大生には、うまく言っとくよ」

「ああ、そのほうがいいって。そりゃそうと、『ヘミングウェイ』は繁昌《はんじょう》してるのか？」

「なんとか保《も》ってるが、経営は楽じゃないな」

「早く店を潰《つぶ》して、弁護士になれよ。そのほうが唐木田に似合ってると思うぜ」

「何人かの知り合いに同じことを言われてるんだが、もう法曹界で働く気はないんだ。法は決して公平じゃないからな」

「あんまり青臭いことを言うなって。もうじき四十だぜ、おれたちも」

「だから、生きたいように生きたいと思ってるんだ。当分、酒場のマスターをやるつもりだよ」

「そこまで考えてるんだったら、好きにやるさ」

柿沢がキャスターに火を点《つ》けた。

唐木田も釣られて煙草をくわえた。紫煙をくゆらせながら、箱崎をマークしてみる気になっていた。

2

腰が強張《こわば》りはじめた。

長いこと同じ姿勢で坐っているせいだろう。

唐木田はシートの背凭《せもた》れに体を傾けた。張り込んだのは、五時間近く前だ。あと数分で、午後八時になる。

斜め前に建っている八階建てのチョコレート色のビルは、『ドリーム企画』の本社だ。渋谷区神宮前《じんぐうまえ》四丁目の外れである。表参道から少し奥に入った場所だった。

唐木田は旧友の柿沢に頼んで、箱崎社長のスナップ写真を手に入れていた。超大物演歌歌手やプロ野球選手たちとゴルフを愉《たの》しんでいるときのスナップ写真だった。『ドリーム企画』の社長は、どこにでもいそうな初老の男だ。これといった特徴はなかった。中肉中背だった。

柿沢は、箱崎の写真を欲しがる唐木田を少し怪しんだ。

唐木田は自分が芸能界に精通している友人に会ったことを遠縁の女子大生に証明するために、箱崎の写真が必要なのだと言い繕《つくろ》った。それで、柿沢は納得したようだった。

その柿沢の話によると、ここ数年の間に箱崎の会社は都内の一等地に立つビルを八棟も買い漁《あさ》り、関連企業のオフィスにしているという。購入したのは、いずれも競売物件らしい。

賃借権などが複雑に絡み合う競売物件を落札しているのは、法律に明るい者か暴力団関係者ばかりだ。

もちろん、裁判所の入札には一般市民も参加できる。しかし、資産価値の高い物件を格安で落札できるケースはきわめて稀《まれ》だ。そうしたビルやマンションは、不動産業者や企業舎弟が買い漁《あさ》っているからである。

彼らは安く手に入れた競売物件を転売し、大きな売却益を得ている。一種のハイエナ商法だろう。

『ドリーム企画』が八棟ものビルを落札できたのは、裏社会と繋がっているからではないのか。

あるいは、金のためなら何でもやる悪徳弁護士を顧問にしているのかもしれない。

どちらにしても、箱崎は肚《はら》を括《くく》って事業の拡大を推《お》し進めているようだ。

唐木田はラスクとビーフ・ジャーキーを交互に齧《かじ》りはじめた。張り込み用の非常食だ。

非常食を摂《と》り終えたとき、『ワールド・エンタープライズ』の中居から電話がかかってきた。

「司法解剖で、里沙が高圧電流銃《スタンガン》で気絶させられた直後にペントバルビタール・ナトリウムという静脈麻酔薬を注射されたことがわかったんだ」

「それじゃ、里沙さんは麻酔で昏睡《こんすい》中に江戸川に投げ込まれたんだな」

「警察も、そうだろうって言ってた。肺にはそれほど水は溜《た》まってなかったというから、里沙はあまり苦しまずに溺《でき》死《し》したんだと思う。それが、せめてもの慰めだな」

「死亡推定時刻は？」

「今朝《けさ》の二時から四時の間に殺されたんだろうということだった」

「そうか。関東テレビの局員で、有働里沙が拉致《らち》されるとこを見た者はひとりもいないのか？」

「捜査員によると、目撃者はひとりもいないという話だったよ。里沙を川に投げ込む瞬間を見た者もいない。犯人は殺し屋《プロ》なんだろうな」

「おそらく、そうなんだろう」

唐木田は一瞬、里沙の自宅マンションで見つけたICレコーダーのことを口走りそうになった。何か後ろめたかったが、すぐに思い留《とど》まった。

「もうじき里沙の遺体は実家に着くだろう。社長やマネージャーの林葉が亡骸《なきがら》に付き添っていったんだ」

「そうか。中居、アドルフ・シュミットも殺害されたことがはっきりしたよ」

「ほんとなのか⁉」

中居の声が裏返った。唐木田は、相棒の刑事が仲幹雄に事実を喋らせたことを告げた。

「アドルフと里沙を殺《や》らせたのは、同一人物なんだろうか」

「そう考えられるな」

「東都医大病院の仲ドクターが犯人を手引きした可能性は？」

「それはないと思う。知り合いの刑事の話によると、仲幹雄は虚偽の死亡診断書を書いたことで思い悩んでた様子だったというからな。そういうタイプの人間は、人殺しの手助けなんかできないさ」

「ま、そうだろうな」

「いま、おれは『ドリーム企画』の本社の近くで張り込んでるんだ。箱崎社長をちょっとマークしてみようと思ってるんだよ」

「アドルフと里沙を始末させたのは、箱崎なのか？」

「そいつは、まだ何とも言えないな。しかし、疑いたくなる材料はある。『ドリーム企画』は有働里沙を引き抜こうとしたらしいからな。それに、箱崎は異種格闘技ショーのプロモートを手がけようとしてるんだろ？」

「そういう噂が流れてることは事実だよ。そうか、箱崎は里沙とアドルフの不倫を脅迫材料にして、二人を自分の会社に取り込もうとしたんだな。しかし、里沙とアドルフは誘いに乗らなかった。それで、箱崎は秘密が業界に流れるのを恐れて、二人を殺し屋に片づけさせたんだな」

「里沙を引き抜こうとしたことは、間違いないだろう。しかし、アドルフのほうはスカウトしたかったのかどうかな」

「別のことで、箱崎はアドルフを利用するつもりだったと言うのか？」

「箱崎はアドルフに八百長試合をさせ、いずれ自分がプロモートする異種格闘技ショーにトルネードのスター選手をゲスト出場させる気でいたんじゃないだろうか」

「ああ、なるほどね」

「中居、箱崎はギャンブル好きなんじゃないのか？」

「好きなんてもんじゃないよ。競馬、競輪、オートレース、競艇はもちろん、ラスベガスやモナコのカジノにもちょくちょく出かけてるんだ」

「やっぱり、そうか。箱崎は格闘技賭博の胴元をやってるのかもしれない」

「唐木田、おまえの気持ちは嬉しいが、あまり深入りしないほうがいいな。箱崎のバックには稲森会《いなもりかい》が控えてるらしいんだ」

中居の声は、いくらか震えを帯びていた。稲森会は、首都圏で最大の勢力を誇る広域暴力団である。構成員は一万人に近い。

「稲森会がバックだったのか」

「どうもそうらしいんだ。だから、箱崎を追い込んだりしたら、おまえの身にも危険が迫るかもしれない」

「無茶なことはしないよ。しかし、このままじゃ、すっきりしないだろ？」

「それはな」

「中居、もう少し粘ってみようや。遠くに敵の姿がちらついただけで尻尾《しっぽ》を丸めるなんて、あまりにも情《なさ》けないじゃないか」

「確かに、唐木田の言う通りだな。おまえがその気なら、おれも自分を奮《ふる》い立たせるよ。箱崎に関する情報をできるだけ集める」

「中居こそ、あまり無理するなよ。おまえはおれと違って、妻子持ちなんだからさ」

「気をつけるよ。何かわかったら、連絡する」

「よろしく！」

唐木田は電話を切った。すると、すぐに携帯電話が掌《てのひら》の中で震えだした。

発信者は麻実だった。

唐木田は、これまでの経過を伝えた。そのあと、自分の推測も語った。

「大筋は、そうなのかもしれないわね。ただ、一つだけ疑問に思えることがあるの」

麻実が遠慮がちに言った。

「どんなことだい？」

「『ドリーム企画』は芸能プロとして、いまや大手よね。会社がそこまで成長したのに、箱崎は格闘技賭博の胴元になろうとするかしら？　そんなダーティー・ビジネスが発覚したら、せっかく築き上げてきたものをすべて失うことになるのよ。商才に長《た》けた人間なら、そういう危ない橋は渡らないいんじゃない？」

「『ドリーム企画』はここ数年間に、都心のビルを八棟も購入してるらしいんだ」

「その話は、誰から聞いたの？」

「東日本スポーツの柿沢から入手した情報だよ」

「なら、確かな情報みたいね」

「年に七十億円以上の収益を上げてる『ドリーム企画』でも、短い間に八棟ものビルを買い漁ったら、資金繰《ぐ》りが大変なはずだ」

「でしょうね。そこで、格闘技賭博の胴元になったんじゃないかというわけ？」

「ああ」

「別に俊さんの推理にケチをつけるつもりはないけど、わたしは箱崎は胴元なんかやってないような気がするわ。ただの勘だけどね」

「麻実の勘はよく当たるから、真面目《まじめ》に拝聴しておこう。胴元のことはともかく、箱崎がアドルフと里沙の事件に関与してる疑いは濃いな。だから、どうしても箱崎の動きをチェックしてみたいんだ」

「むろん、そのことには賛成よ。でも、俊さん、無茶はしないでね」

「わかってるさ」

唐木田は電話を切り、岩上の携帯電話の短縮番号を押した。だが、ホームレス刑事の携帯電話は電源が切られていた。

唐木田は携帯電話をジャケットの内ポケットに戻した。

ちょうどそのとき、『ドリーム企画』の本社ビルの地下駐車場からシルバーグレイのロールスロイスが走り出てきた。

ハンドルを握っているのは、三十一、二の男だった。後部座席には、箱崎の姿があった。黒っぽいスリーピースに身を包んでいる。

唐木田はギアをＤ《ドライブ》レンジに入れた。

ロールスロイスは抜け道をたどって、青山通りに出た。唐木田は一定の車間距離を保ちながら、ロールスロイスを追尾《ついび》しつづけた。

箱崎を乗せた高級外車は赤坂見附を左折し、四谷方面に向かった。数百メートル先で、今度は右に折れた。

唐木田には、行先の見当はつかなかった。

ほどなくロールスロイスは、紀尾井町《きおいちょう》の料亭の車寄せに横づけされた。

唐木田は料亭の隣の雑居ビルの際《きわ》にレクサスを停め、ラークマイルドをゆったりと喫《す》った。それから車を降り、料亭の門の前まで歩いた。

車寄せの端にロールスロイスが駐めてあったが、箱崎やドライバーの姿は見当たらなかった。

『ドリーム企画』の社長は、誰かを接待することになっているのか。それとも、逆に誰かにもてなされるのだろうか。

そんなことを考えていると、唐木田のすぐ横に一台のタクシーが停まった。後部座席から降りた大柄な男には、見覚えがあった。

数年前にフルコンタクト空手からシュートボクシングに転向し、格闘技界で脚光を浴びはじめている二宮大輔《にのみやだいすけ》だった。まだ二十五、六だ。

二宮は分厚い肩を揺さぶりながら、料亭の玄関に歩《ほ》を進めた。

そのすぐあと、別のタクシーが料亭の前に停止した。客は、総合格闘技のエースの室戸剛《むろとつよし》だった。二十三、四のはずだ。

室戸は釣銭を受け取りながら、唐木田に訝《いぶか》しそうな目を向けてきた。唐木田はことさらオーバーに腕時計を眺め、首を傾《かし》げた。人を待っている振りをしたのである。

室戸はレザーブルゾンのポケットに両手を突っ込み、料亭の門を潜《くぐ》った。じきに玄関の中に消えた。

料亭の真ん中に長く立っているわけにはいかない。

唐木田は通行人を装い、料亭の前を行きつ戻りつしはじめた。七、八分経ったころ、またもや料亭の前にタクシーが横づけされた。

降りた客は、白人の若い男だった。元柔術家のムエタイ選手で、オランダ人のケネス・ドマニクだ。

ケネスは二十九歳である。確か日本人の元国際線キャビン・アテンダントと結婚し、都内に住んでいるはずだ。剃髪頭《スキンヘッド》で、二メートル近い長身である。

ケネスはタクシー運転手に流暢《りゅうちょう》な日本語で礼を言い、料亭の玄関に急いだ。

二宮、室戸、ケネスの三人は、箱崎の招待で料亭を訪れたと思われる。『ドリーム企画』が異種格闘技ショーの興行を手がけるという噂は、どうやら事実らしい。

唐木田は体の芯《しん》まで冷えきってしまった。

車の中に戻り、カーエアコンの設定温度を高めた。箱崎が格闘技賭博の胴元なら、トルネード所属の格闘家と接触してもよさそうだ。

しかし、その後、料亭に横づけされる車は一台もなかった。

唐木田は煙草を喫《す》いながら、辛抱強く張り込みをつづけた。

張り込みは、いつも自分との闘いだった。本鮪《ほんまぐろ》の一本釣り漁師のように、ひたすら獲物が動きだすのを待つ。焦《じ》れて自分から動きだしたら、相手に警戒されることになる。

石になったつもりで、じっと待つ。それが最善策だった。退屈で睡魔に襲われそうになったら、ガムを嚙む。煙草を喫ったり、ラジオを聴いたりするのも効果がある。

料亭からロールスロイスが滑り出てきたのは、午後十時四十分ごろだった。

車内には、ドライバーのほかは箱崎しか乗っていなかった。三人の格闘家は芸者たちを侍《はべ》らせ、まだ盃《さかずき》を重ねているのだろう。

唐木田は、ふたたびロールスロイスを尾行しはじめた。ロールスロイスは赤坂方面に向かった。

箱崎は銀座の馴染《なじ》みのクラブにでも行く気なのか。

唐木田は慎重にロールスロイスを追った。

予想は正しかった。ロールスロイスは、銀座の並木通りにある飲食店ビルの前で停まった。箱崎と三十一、二の男が車を降りると、暗がりから痩《や》せた若い男が姿を見せた。男は二人に駆け寄った。

駐車係《ヴァレット》だろう。

ロールスロイスを運転していた男が、痩身の青年に車の鍵《キー》を渡した。青年は恭《うやうや》しく鍵を受け取ると、ロールスロイスの運転席に乗り込んだ。

箱崎たち二人は、純白の飲食店ビルの中に消えた。唐木田は車から出なかった。ロールスロイスが地を這《は》うように滑り出し、最初の四つ角を左に曲がった。唐木田はレクサスの中で一服してから、ごく自然に外に出た。純白の飲食店ビルの前にたたずみ、駐車係が戻ってくるのを待つ。

数分すると、前方から瘦せた青年がやってきた。この寒空にコートを羽織っていなかった。チャコールグレイのコーデュロイのスーツ姿だった。丸めた背中が寒々しい。

「寒いな」

唐木田は駐車係に声をかけた。瘦せた青年が驚いて、立ち竦《すく》んだ。

「ロールスロイスの乗り心地はどうだった？」

「おたく、どなたなんです？」

「身元調査は勘弁してくれよ。それより、これで何か体が温まるものを喰《く》ってくれ」

唐木田は小さく折り畳んだ一万円札を男に握らせた。

「な、何なんです？　このお金は？」

「箱崎社長たち二人が向かった店の名を教えてほしいんだ」

「お、おたく、警察の方ですか？」

「刑事は袖《そで》の下なんか使わないだろうが」

「それも、そうですね」

「おれは興信所の調査員だよ。箱崎夫人の依頼で、旦那《だんな》の浮気調査をしてるんだ」

「そうだったんですか」

「箱崎社長の馴染みのクラブが、この飲食店ビルの中にあるんだろ？」

「えっ⁉」

駐車係があたりを見回した。近くに人影はなかった。

「きみに迷惑はかけない。それは約束するよ」

「三階の『ミューズ』という会員制クラブです」

「そのクラブに、箱崎社長のお気に入りのホステスがいるんだな？」

「ホステスじゃなく、ママと社長は……」

「いい仲なんだ？」

「ええ、多分。よく店が終わってから、ママは箱崎さんの車の助手席に乗ってますから」

「ママは、いくつぐらいなんだい？」

「まだ若いですよ。二十五ぐらいですかね。数年前までテレビタレントだったとかで、かなりの美人ですよ」

「ママの名は？」

「えーと、確か服部《はっとり》真弓《まゆみ》という名だったと思います。『ミューズ』のホステスさんから聞いた話だと、高輪《たかなわ》の超高級マンションに住んでるそうですよ」

「箱崎社長は週にどのくらい通ってるのかな？」

　唐木田は訊《たず》ねた。

「二回ぐらいですね。店に来たときは、たいてい帰りは真弓ママと一緒です。どこかで夜食を摂《と》ったあと、高輪のマンションでお娯《たの》しみなんでしょう」

「だろうな。さっきロールスロイスを運転してたのは、『ドリーム企画』の社員だろ？」

「ええ、山本さんです」

「彼が制作部の山本弘か」

「そうです。山本さんは、よく社長と一緒にいますよ」

「そう。『ミューズ』のママのほかに、箱崎社長には愛人がいるんだろ？」

「さあ、そのあたりのことはよくわかりません。ぼくは、ただの駐車係ですからね」

「ま、いいさ」

「箱崎さんには、絶対にぼくのことは言わないでくださいね」

　駐車係が拝む真似《まね》をした。

「わかってるよ。ところで、箱崎社長は『ミューズ』に誰か格闘家を連れてくることは？」

「ありますよ。『トルネード・コーポレーション』所属のブラジル人の……」

「セルジオ・ファスか？」

「そうです、そうです。グレイシー柔術とカポエイラ・キックを売りものにしてるね」

「ほかには？」

「サンボとパワー空手を融合させたロシアのイワン・デニーソヴィッチ、それからオーストラリア出身のトム・マッケンジーも見かけたことがあります」

「そう。会員制クラブじゃ、客を装って『ミューズ』の中に入るわけにはいかないな」

「ええ、そうですね」

「わかった。どうもありがとう」

唐木田は駐車係の肩を叩いて、自分の車の中に戻った。

痩せた青年は純白の飲食店ビルの前に五分ほど立っていたが、急に歩きはじめた。どこかで熱いラーメンでも食べる気になったのだろう。

それから十分ほど経ったころ、飲食店ビルから山本弘が現われた。ひとりだった。山本は急ぎ足でＪＲ新橋駅方向に歩きだした。電車を使って、帰宅するのかもしれない。

唐木田は山本を追いかけて締め上げたい衝動に駆られたが、ぐっと抑《おさ》えた。下手《へた》に雑魚《ざこ》を痛めつけたら、箱崎に警戒心を抱かせることになる。

唐木田は張り込みを続行した。

痩せた駐車係が箱崎のロールスロイスを飲食店ビルの前に停める。どの店も閉店時刻を迎えたようだ。

七、八分待つと、箱崎が派手な顔立ちの若い女を伴って姿を見せた。連れは、『ミューズ』のママの真弓だろう。

箱崎が札入れから幾枚かの万札を抓《つま》み出し、駐車係に渡した。駐車係が深々と頭を下げた。箱崎が先に女をロールスロイスの助手席に坐らせ、おもむろに運転席に乗り込んだ。

唐木田はシートベルトを掛けた。

ロールスロイスが発進した。唐木田は尾行しはじめた。

箱崎の車は第一京浜に出て、高輪プリンスホテルの手前を右に折れた。どうやらママの自宅マンションに直行するらしい。

ロールスロイスは坂道を登り切ると、茶色い磁器タイル張りの高級マンションの地下駐車場に潜った。

唐木田は車をマンションの表玄関の近くに停め、いったん外に出た。

アプローチを小走りに走り、集合郵便受けに目をやった。七〇五号室に、服部というネームプレートが掲《かか》げられている。

唐木田は踵《きびす》を返した。

3

夜明けが近い。

東の空の一点だけが少しだけ明るみはじめた。

唐木田は生欠伸《なまあくび》を噛み殺した。箱崎は車ごと高級マンションの中に吸い込まれたきり、いっこうに出てこない。自宅には戻らずに、愛人宅から出社する気なのか。

ここで張り込みを打ち切ったほうがいいのかもしれない。

唐木田はシフトレバーに手を伸ばした。そのとき、スエードのジャケットの内ポケットで携帯電話が震えだした。

携帯電話を耳に当てると、岩上の声が響いてきた。

「親分、連絡が遅くなって悪かったな。ちょっとアクシデントがあったんだ」

「何があったんだい？」

「夕方、江戸川の河口付近を歩いてたら、急に二人組の男に襲われたんだよ。上段蹴りをもろに頭部に受けちまってさ、ぶっ倒れちまったんだ。それから粘着テープで手足をがんじがらめに縛られて、係留中のモーターボートの中に放り込まれちまったんだよ。そのあと、麻酔注射を打たれたんだ。おれ、有働里沙の遺体が発見された場所で遺留品探しをやってたんだよ。目が覚めてから、ガムテープをほどこうとしたんだが、こいつが予想以上に手間取ってしまってな。少し前に縛《いまし》めが解けたんだ」

「二人組がガンさんの携帯の電源を切ったんだな」

「そうなんだ。暴漢の二人は格闘家かもしれない。どっちも体格がよかったし、空手の心得があったんだ」

「その二人は、箱崎に雇われたんだろう」

唐木田はそう言い、『ドリーム企画』の社長の怪しい行動について詳しく話した。

「箱崎が料亭で三人の格闘家と会ってたようだったのか。それから銀座の『ミューズ』って高級クラブに、トルネード所属のセルジオ・ファス、イワン・デニーソヴィッチ、トム・マッケンジーの三人が出入りしてるって話だったな？」

「そうなんだ。中居の話だと、箱崎はギャンブルには目がないらしいんだよ」

「ふうん」

「おれは箱崎が本気で異種格闘技ショーの興行を手がける気でいると読んだんだ。セルジオ・ファスたち三人のトルネード所属選手たちに接触してるのは引き抜きか、八百長試合をさせてるんじゃないかと睨《にら》んでる」

「親分、箱崎はその両方をやってるんじゃないのかね？」

「ああ、考えられるな。箱崎が胴元かどうか早く確かめたくて、おれ、午前零時過ぎから愛人のマンションの前で張り込んでるんだ。しかし、箱崎はいっこうに出てくる気配がないんだよ」

「真弓って女の部屋に泊まるつもりなんだろう、箱崎は」

「多分、そうなんだろうな。それで、ちょうど塒《ねぐら》に帰ろうとしたとこだったんだ」

「そうかい。順序が逆になっちまったが、有働里沙の遺体発見現場には何も遺留品は落ちてなかった。近所で聞き込みもやってみたんだが、収穫はなかった。そうそう、里沙の死亡推定時刻は捜査本部《チョウバ》から探《さぐ》り出したよ」

「ガンさん、それは中居から聞いた」

「そうか。里沙の亡骸は実家に搬送されたらしいよ。その話も聞いてるかい？」

「ああ」

「親分、ちょっと気をつけたほうがいいぜ。江戸川河口で二人組が襲いかかってきたのは、おそらく箱崎の警告だったんだろう。不用意に箱崎に近づいたら、きっと痛い目に遭《あ》う。奴の番犬は、そのへんのチンピラじゃないからな。格闘家どもとまともに闘っても、勝ち目はないぜ」

「接近戦は避けるよ。とりあえず、今夜は引き揚げようと思ってるんだ」

「そのほうがいいな」

岩上が先に電話を切った。

唐木田は携帯電話を懐に収めた。そのすぐあと、高級マンションの地下駐車場からロールスロイスが走り出てきた。ハンドルを操《あやつ》っているのは箱崎だった。

いったん自宅に戻ってから、自分の会社に顔を出す気らしい。

唐木田はロールスロイスが遠ざかってから、レクサスを発進させた。車の量は少なかった。細心の注意を払いながら、超高級外車を追走する。

箱崎の車は白金台《しろかねだい》の住宅街を走り抜け、目黒通りを左に折れた。そのまま直進し、環七通りを突っ切り、ほどなく今度は右に曲がった。

あたりは、柿《かき》の木坂《きざか》の邸宅街だ。ロールスロイスが速度を落とした。箱崎の自宅は近くにあるようだ。

唐木田は加速して、ロールスロイスを立往生させる気になった。

だが、すぐに思い直した。閑静な邸宅街は、ひっそりと静まり返っていた。ちょっとした騒ぎでも、近所の住民の耳に届いてしまうだろう。パトカーでも呼ばれたら、面倒なことになる。

ロールスロイスが趣《おもむき》のある大きな洋館のガレージの手前で停止した。

箱崎がリモート・コントローラーを使って、オートシャッターを巻き上げた。すぐにロールスロイスがガレージの中に消えた。

唐木田はレクサスを路肩に寄せ、グローブボックスを開けた。

抓《つま》み出したのは、ヒューズ型の電話盗聴器である。電話回線の保安器内部に仕掛けるもので、わざわざ住居に侵入する必要はない。興信所や警察が昔から使っている安直な電話盗聴器だ。

保安器は、たいてい電柱に近い外壁に設置されている。保安器の中にあるヒューズをそっくり交換し、受信機で電話の内容を盗み聴きするわけだ。

仕掛ける家屋が小住宅なら、ブロック塀《べい》の上からでも取り付けられる。しかし、箱崎の自宅は豪邸だった。

敷地は優に三百坪はあるだろう。しかも、洋館は奥まった場所に立っている。高い石塀をよじ登って、邸内に忍び込まなければならない。

唐木田は、たてつづけに煙草を三本喫《す》った。

時間稼ぎだ。箱崎が仮眠をとりはじめるまで待たなければならない。

二十分ほど時間を遣《や》り過ごしてから、唐木田は静かに車を降りた。箱崎邸の門扉《もんぴ》の近くには防犯カメラが取りつけられているが、長い石塀《いしべい》の上には何も設置されていなかった。

唐木田は左右をうかがった。

路上は無人だった。唐木田はガレージのそばの石塀に近づいた。

ジャンプしかけたとき、背後に人の気配を感じた。振り向いた瞬間、左の肩に重い衝撃を覚えた。腰が落ちそうになった。

「この野郎ーっ」

木刀を振り上げたのは、『ドリーム企画』の山本弘だった。縄編みのセーターの上に、黒いダウンパーカを重ねている。下は、白っぽい起毛《きもう》のチノパンツだ。

また、木刀が上段から振り下ろされた。

後ろには退《さ》がれない。唐木田は前に踏み出し、左腕で山本の利き腕を受け止めた。

木刀の切っ先が唐木田の肩口に触れた。

唐木田は膝頭で、山本の睾丸《こうがん》を蹴り上げた。

的《まと》は外さなかった。山本が木刀を落とし、前屈《まえかが》みになった。唐木田は両手で山本を突いた。

山本が尻餅《しりもち》をつき、仰向けに引っくり返った。

唐木田は木刀を拾い上げた。山本が慌《あわ》てて起き上がり、一目散に逃げはじめた。目黒通りの方向だった。

唐木田は追った。

駆けながら、木刀を槍《やり》のように肩の上で水平に構える。山本は二十数メートル先を走っていた。

唐木田は距離を縮めてから、木刀を投げた。

木刀は槍のように宙を泳ぎ、山本の片脚に当たった。次の瞬間、彼の膝ががくりと折れた。山本は横向きに倒れて転がった。

唐木田は全速力で走った。

山本が肘《ひじ》で上体を起こし、木刀の柄を掴んだ。

唐木田は高く跳《と》び、山本の顎《あご》を蹴り上げた。

山本が唸《うな》りながら、転げ回りはじめた。木刀は路面に落ちていた。

唐木田は木刀を道端に蹴り込み、膝頭で山本の腹部を押さえつけた。そのままの姿勢で、山本の頬を両手で思いっきり挟みつける。

顎の関節は呆気《あっけ》なく外れた。山本は喉の奥で呻《うめ》きながら、目を白黒させた。口からは涎《よだれ》が垂れていた。

数十メートル先に、造園会社の植木畑がある。

唐木田は山本のダウンパーカの後ろ襟《えり》をむんずと掴み、植木畑まで引きずっていった。それほど広い植木畑ではなかったが、三方の邸宅はそれぞれ敷地がだいぶ広い。大声さえ出さなければ、騒ぎたてられる心配はなさそうだ。

唐木田は、山本を植木畑の真ん中まで引きずり込んだ。

山本は動物じみた唸り声を放ちながら、悶《もだ》え苦しんでいる。目には涙を溜めていた。かなり痛いはずだ。

唐木田は懐から、超小型ＩＣレコーダーを取り出した。

里沙の自宅マンションで発見したものだ。唐木田は音量を絞ってから、再生スイッチを入れた。

屈《かが》み込んで、超小型ＩＣレコーダーを山本の耳に近づける。

音声が洩れはじめたとたん、山本の顔面が引き攣《つ》った。

唐木田は超小型ＩＣレコーダーをジャケットのポケットに収めた。山本の顎の関節を元通りにし、素早くアイスピックを手製のホルスターから引き抜いた。ホルスターの中には、あと二本入っている。

「大声を出したら、おまえの目玉にアイスピックを突き刺すぞ」

「騒いだりしないから、荒っぽいことはもうやめてくれ」

「社長の箱崎に命じられて、おまえはおれを襲ったんだなっ」

「そ、それは……」

山本が口ごもった。

「伊達政宗《だてまさむね》になるか？」

「や、やめろ！　頼むから、やめてくれーっ」

「時間を稼ごうとしても、無駄だぞ。早く答えるんだ」

「あんたの言った通りだよ。午前三時半ごろ、社長から電話がかかってきたんだ。銀座から尾《つ》けてくるレクサスのドライバーを少し脅してやれって言われたんだよ。それで、社長の自宅のそばで待ち伏せしてたんだ。そうしたら、あんたが……」

「のこのこ現われたってわけか」

「わたしが悪かったよ。木刀で軽く叩くだけで、それ以上のことはするつもりなかったんだ」

「ま、いいさ。おまえは、有働里沙がこっそりICレコーダーを回してたことにまるで気づかなかったようだな?」

「ああ。まさか録音してるとは思わなかったよ。あんた、さっきのICレコーダーをどこで見つけたの?」

「質問するのは、このおれだ。おまえは訊かれたことに黙って答えりゃいいんだっ。わかったな!」

「あんた、その録音音声をどうする気なんだ?」

「まだ、わかってないようだな」

「謝る、謝るよ。言われたことを無視するつもりはなかったんだ。ただ、録音音声のことが気になったんでね」

「少し黙ってろ」

唐木田は怒鳴りつけた。

山本が無言でうなずいた。

「箱崎は、里沙がアドルフ・シュミットと愛人関係にあることを脅迫材料にして、まず里沙を『ドリーム企画』に移籍させようとした。しかし、里沙はその話をきっぱりと断った。そうだな?」

「うん、まあ」

「はっきり答えろ!」

「そうだよ」

「箱崎は里沙の引き抜きを諦《あきら》め、アドルフに暮れのトルネードのグランプリ決勝戦で、わざと負けてくれと頼んだ。だが、アドルフは対戦相手をマットに沈めてしまった。それでは予想通りの試合結果で、胴元に旨味《うまみ》はない」

「胴元って、どういうことなんだ?」

「また、質問か」

「意味がわからなかったんだ」

「それじゃ、わかりやすく言ってやろう。社長の箱崎は、格闘技賭博の胴元をやってるだろうが!」

「な、何を言ってるんだ。うちの社長は堅気なんだぞ」

「素っ堅気とは言えないだろうが。箱崎は稲森会と強い繋がりがあるようだからな」

唐木田は言った。山本が何か言いかけて、急に黙り込んだ。

「肯定の沈黙ってやつだな」

「興行関係の仕事は、土地の顔役たちとは……」

「持ちつ持たれつの関係だと言いたいのか？」

「そういう側面があることは否定しないよ。彼らを完全に無視したら、歌手たちは地方巡業もできなくなるからね。しかし、うちの社長が特定の組織と格別に親しくしてるなんてことはない」

「その話を鵜呑《うの》みにはできないな」

「どうして？」

「箱崎は異種格闘技ショーのプロモートをする気でいるはずだ。その種の興行も裏社会の力を借りなきゃ、手がけることはできない」

「あんた、うちの会社の新事業のことを誰から聞いたんだ⁉」

「鈍い男だな。おれは箱崎が会社を出たときから、ずっと尾行してたんだ。箱崎は紀尾井町の料亭で、三人の格闘家と会ってた。ついでに、その三人の名前も言ってやろう。シュートボクシングの二宮大輔、総合格闘技の室戸剛、ムエタイのケネス・ドマニクの三人だ。そうだな？」

「………」

「都合が悪くなると、おまえは貝になるわけか。世話を焼かせやがる」

唐木田はアイスピックの先で、山本の頬骨のあたりをちくちくと突いた。

「社長がその三人と会ってたことは認めるよ。彼らは、異種格闘技ショーの看板選手にすることになってるんだ。もう専属契約も終わってる」

「箱崎は、トルネード所属のスター選手たちも取り込む気でいるんだな？」

「えっ」

「とぼけるなって。箱崎は、愛人の服部真弓がやってる銀座のクラブで、セルジオ・ファス、イワン・デニーソヴィッチ、トム・マッケンジーなんかを接待してるはずだ」

「なんで、あんたがそこまで知ってるんだ⁉」

山本は驚きを隠さなかった。

「返事をはぐらかすなっ」

「トルネードの三人とは支度金とファイトマネーの点で、まだ折り合いがついてないんだ。しかし、いずれは契約書にサインしてくれると思うよ。『ドリーム企画』に移れば、テレビ・コマーシャルの仕事にありつけるし、場合によってはドラマ出演も可能だからね」

「サイドビジネスの仕事も増えるってわけか」

「そういうことだよ」

「箱崎はアドルフ・シュミットにも、引き抜きの話を持ちかけたんだな？」

「ああ、何度もね。けど、アドルフはトルネードを仕切ってる光瀬《みつせ》氏に世話になってるから、絶対に移らないと……」

「それで腹を立てた箱崎は里沙とのことをちらつかせて、アドルフに八百長を強《し》いたんじゃないのかっ」

唐木田は声を荒らげた。

「あんた、まだそんなことを言ってるのか。うちの社長は格闘技賭博の胴元なんかやってないし、アドルフに八百長話なんかも持ちかけてない」

「おまえが正直者かどうか、体に訊《き》いてみよう」

「アイスピックで刺す気なのか⁉」

「そういうことだ。どこから刺してほしい？」

「やめろーっ」

山本が反動をつけて跳ね起きた。

そのとき、樹木の向こうで人影が動いた。黒いスポーツキャップを目深《まぶか》に被った三十前後の男が目に留まった。

刺客か。

唐木田は少し緊張した。身構えたとき、耳許を風圧に似たものが走り抜けていった。

一瞬、聴覚を失った。

銃弾の衝撃波だった。銃声は轟かなかった。

唐木田は姿勢を低くして、枝越しにスポーツキャップを被った男を見た。その右手には、筒状のサイレンサーを嚙ませた銀色の自動拳銃が握られていた。遠すぎて、型《タイプ》まではわからない。

二弾目が放たれた。

唐木田は地べたに這《は》いつくばった。弾《たま》は頭上を駆け抜け、後ろの赤松の幹《みき》にめり込んだ。樹皮が弾け飛んだ。

山本が隙を見て、急に走りだした。

唐木田は膝立ちになり、手にしているアイスピックを投げた。だが、山本には命中しなかった。

スポーツキャップの男が植木畑の中に分け入った。唐木田は腰のホルスターから、二本のアイスピックを一緒に抜いた。

片方を左手に持ち、ゆっくりと横に移動しはじめた。何メートルも動かないうちに、灌木《かんぼく》の小枝にぶつかってしまった。

ほとんど同時に、三発目を見舞われた。

唐木田は身を伏せた。すぐ横に着弾し、土塊《つちくれ》が飛んだ。ほんの一瞬だったが、全身が竦《すく》み上がった。

敵が近づいてくる。

唐木田は起き上がり、二本目のアイスピックを投げた。だが、手許が狂った。アイスピックは、横に張り出した楓《かえで》の枝にぶつかって落下してしまった。

唐木田は最後のアイスピックを右手に持ち替え、さらに後方に退《しりぞ》いた。

スポーツキャップの男は余裕たっぷりに笑い、大股で迫《せま》ってきた。そのとき、ミニバイクの走行音がした。音は、だんだん近づいてくる。

敵が少し迷ってから、逆戻りしはじめた。道路を新聞配達のミニバイクが通過していった。

唐木田は襲撃者を追う気になった。

樹木の間を縫《ぬ》って、植木畑を走り出た。通りの左右を素早く見回す。スポーツキャップを被った男は、どこにもいない。山本の姿も掻《か》き消えていた。

唐木田は靴の底で路面を蹴って、思わず長嘆息した。

4

部屋のインターフォンが鳴った。

唐木田は、その音で眠りを解《と》かれた。ベッドから起き上がり、ナイトテーブルの上の腕時計を見る。

午後四時を過ぎていた。明け方の刺客がやってきたのか。

唐木田は寝室を出て、忍び足で玄関に向かった。パジャマのままだった。

ドア・スコープを覗く。来訪者は岩上だった。緊張がほどけた。

唐木田は玄関ドアを開けた。

「あれ、まずいときに来ちまったかな」

岩上が曖昧《あいまい》な笑みを浮かべた。

「まずい？」

「寝室にセレモニー・プロデューサーがいるんじゃないの？」

「麻実は来てないよ。玄関先じゃ寒いから、ガンさん、上がってくれないか」

唐木田は客用のボアスリッパを玄関マットの上に置き、急いで寝室に戻った。パジャマの上にウールのガウンを羽織《はお》り、居間のエア・コンディショナーを作動させる。

岩上が居間に入ってきた。

「親分、東都医大病院の仲幹雄が一時間ぐらい前に死んだよ」

「なんだって⁉」

「仲ドクターは四谷駅のホーム下で電車に轢《ひ》かれたんだ」

「飛び込み？」

「それがどうもはっきりしないんだ。自分で飛び込んだのか、誰かに背中を突かれてホーム下に転落したのか。自殺だったとすりゃ、あのドクターはアドルフの死亡診断書のことで刑事告発されるかもしれないと考えて、発作的に死ぬ気になったんだろう」

「ガンさん、自殺だったとしたら、仲ドクターはもっと早く人生にピリオドを打ってたんじゃないかな？」

「親分は、仲が誰かにホームから突き落とされたと考えてるわけだ？」

「その疑いはあるんじゃないだろうか。もしかしたら、仲ドクターはアドルフを殺《や》った犯人のことを、薄々知ってたのかもしれないぜ」

「用賀の家に行ったとき、おれは鎌をかけてみたんだ。しかし、ドクターは何かを隠してる様子じゃなかったな」

「そう。だったら、自ら死を選んだのかもしれない」

「さあ、どっちだったんだろうな」

「ガンさん、坐ってよ」

唐木田は岩上を居間のソファに腰かけさせ、手早く緑茶を淹《い》れた。岩上はコーヒーよりも、日本茶のほうが好きだった。

唐木田はコーヒーテーブルに二つの湯呑みを置き、寝椅子《カウチ》に腰を下ろした。

「親分、本庁の組対四課から情報を入手したよ」

「どんな？」

「去年の秋にディスカウント・ショップの経営者が店を潰して一家で夜逃げしたらしいんだが、その男は格闘技賭博にのめり込んで、あちこちから金を借りまくってたらしいんだよ。それで首が回らなくなって、ついに逃げたという話だった」

「そこまでわかってるんだったら、胴元の割り出しはたやすいでしょ？」

「おれもそう思ったんだが、胴元が誰なのかはまだ割り出せてないそうだ。というのは、格闘技賭博はインターネットを使って行われてるらしいんだよ」

「それでも、客の賭け金の出し入れから、胴元はわかりそうだがな」

「胴元はインターネットの接続業者《プロバイダー》を抱き込んでるらしくて、正体がバレないような細工をしてるようなんだ」

「客の負けた金は、どんな方法で回収してるんだろう？」

「若いフリーターみたいな連中を客の職場や自宅に行かせて、現金で回収してるようだな。だから、胴元をなかなか割り出せないって話だったよ」

岩上が茶を啜《すす》って、ハイライトに火を点けた。

「一家で夜逃げした男は、どのくらい負けたんだろうか」

「推定らしいが、二億前後は吸い上げられたようだぜ。おそらく賭けはじめのころは、けっこう勝ってたんだろう。ビギナーズ・ラックってやつだよ。それが欲が出て、ハマっちまったんじゃないのか」

「だろうね」

「本庁の組対四課は大がかりな格闘技賭博組織があると踏んで、首都圏の組織だけじゃなく、関西や九州の暴力団の動きも探《さぐ》ってるらしい」

「そう」

「『ドリーム企画』が数年前から都心のビルを買い漁って、トルネードの花形ファイターたちと接触してることを考えると、やっぱり胴元臭いやな」

「そうだね。胴元が箱崎だとしたら、最終目的はトルネードをぶっ潰すことなんじゃないのかな」

「箱崎は、そこまで考えてるかね？　トルネードの母体である闘魂修道塾は全国に約三十の本部を設け、門下生総数は十万人近い。東京本部と大阪本部に所属してるトルネード選手だけでも百五十人以上もいる」

「それに海外の二十七、八カ国にある支部の道場生を加えたら、十四、五万人の巨大組織になる」

唐木田は湯呑み茶碗を持ち上げた。

「ああ。闘魂修道塾の塾長で『トルネード・コーポレーション』の社長でもある光瀬耕治《こうじ》は空手八段の段位を持ち、きわめて負けん気が強い」

「それに、神戸の最大組織の理事たちとも交流があるという噂だ」

「ああ、そうだね。関東ではそれなりの力を持ってる箱崎でも、闘魂修道塾や『トルネード・コーポレーション』を本気でぶっ潰す気にはならないと思うんだ」

「そんなことをしたら、闇の勢力の東西対立の火種《ひだね》になりかねない」

「その通りだね。どの組も喧嘩《ゴタ》のデメリットを痛いほど知ってるから、つまらない争いはしなくなってる。しかし、連中は面子《メンツ》を潰されたら、徹底的に牙を剝《む》く」

「そういうことを考えると、箱崎が胴元だとしても、単に八百長試合で儲けてるだけなのかもしれないな」

「親分、おれはそう思ってるんだ。それにしても、箱崎が胴元だとしたら、いい根性してるよ。トルネードのスター選手を引き抜いて、自分も異種格闘技ショーの興行に手を染める気になったわけだからさ」

「そのことを『トルネード・コーポレーション』の光瀬社長が知ったら、ひと悶着《もんちゃく》起こるだろうな」

「そりゃ、まず避けられないね。ところで、親分のほうはどうなったんだい？」

岩上が問いかけてきた。

唐木田は、前夜から今朝《けさ》までの出来事を話した。

「サイレンサー付きの拳銃をぶっ放した野郎は、箱崎に雇われた殺し屋《プロ》だろうな」

「多分、そうだろう。箱崎は警戒心を強めてるだろうから、愛人の服部真弓を人質に取ろうと考えてるんだ」

「親分、箱崎は愛人《レコ》を人質に取られたからって、のこのことはやってこないんじゃないのか？」

「駐車係の話によると、箱崎は週に二回は『ミューズ』に顔を出してるらしいんだ」

「それじゃ、真弓ってママにぞっこんなのかもしれない」

「真弓を押さえても箱崎を誘《おび》き出せなかったら、奴の家族を拉致《らち》するよ」

「例によって、女好きのドクをママに接近させるわけだ？」

「そう」

「それじゃ、おれは『ドリーム企画』本社ビルの近くで張り込むことにしよう。箱崎が妙な動きをするようだったら、すぐ親分に連絡するよ」

岩上がそう言い、おもむろに立ち上がった。

唐木田はホームレス刑事を玄関先まで見送ると、美容整形外科医の浅沼の携帯電話を鳴らした。

「ドク、そっちの出番だぜ」

「獲物は箱崎の愛人ですね？」

「当たりだ」

「いい女なんでしょうね？」

浅沼が言った。笑いを含んだ声だった。

唐木田は服部真弓のことを詳しく話し、店と自宅マンションも教えた。

「高輪なら、ひとっ走りの距離だな。これから、すぐ真弓のマンションに行ってみます。六時前には行きつけの美容院で髪をセットするはずです。彼女が銀座の店に出る前に押さえますよ」

「ドク、真弓が怪しむようだったら、麻酔注射で眠らせてくれ」

「了解！　任務が完了したら、ただちに連絡します」

浅沼が電話を切った。

唐木田は洗顔し、髭《ひげ》を剃《そ》った。冷凍ピラフをフライパンで炒《いた》め、腹ごしらえをする。

新聞に目を通し、外出の準備を調えた。

浅沼から電話がかかってきたのは、夕方の六時過ぎだった。

「いま、任務を完了しました」

「『ミューズ』のママは、ホテルにいるのかな？」

「いいえ、高輪の彼女のマンションです」

「真弓の部屋にいるのか⁉　どうやって、部屋に上がり込んだんだ？」

「それは企業秘密ってことにさせてください。少し彼女の自尊心をくすぐってやったら、お店には八時過ぎに出ればいいからと部屋に招き入れてくれたんですよ」

「えへへ。モテる男は、さすがに女の扱いがうまいな」

「いま、真弓は寝室のダブルベッドの上で眠ってます」

「もう裸にしたのか?」

「ええ。ナイスバディですよ。生唾《なまつば》ごっくんですね」

「デジタルカメラは?」

「もちろん、ありますす。部屋の暗証番号を教えますね」

「ああ、頼む」

唐木田はメモを執《と》ってから、携帯電話の終了キーを押した。腰の手製ホルスターに三本のアイスピックを入れ、すぐさま部屋を出る。

高輪の高級マンションに着いたのは、七時前だった。

唐木田は堂々とエントランス・ロビーに入り、エレベーターで七階に上がった。七〇五号室のドア・ロックは解かれていた。

唐木田は室内に入った。

2LDKだが、各室は広かった。家具や調度品も値の張りそうな物ばかりだ。

奥の寝室のドアは開け放たれている。浅沼がベッドに斜めに腰かけ、真弓の白い肌を撫で回していた。価値のある陶芸品を撫でるような手つきだった。

「ドク、何をしてるんだ?」

唐木田はドアの近くから声をかけた。浅沼が弾かれたように立ち上がり、きまり悪そうに言った。

「肌がすごく綺麗なんで、つい……」

「ただ撫でてただけじゃなさそうだな」

「えっ、わかっちゃいます?」

「真弓の乳首が、つんと尖《とが》ってるじゃないか」

「おっぱいとヴィーナスの丘をちょっと揉んだだけですよ。大事なとこは全然いじり回してないし、指も入れてません」

「別に咎《とが》めてるわけじゃない。その女を抱きたかったら、抱けばいいさ。おれは居間に移ろうか」

「いいですよ、別に女に不自由してるわけじゃありませんから。退屈しのぎに、ちょっと柔肌に触れてただけなんですよ」

「そうか。真弓は、あとどのくらいで目を覚ますんだ?」

「二、三十分もしたら、麻酔は醒《さ》めるはずです。麻酔溶液は少な目にしておきましたからね」

「そうか」

　唐木田は壁際にある真紅の寝椅子に腰かけ、脚を組んだ。床には、真弓の衣服とランジェリーが散っていた。

十五畳ほどのスペースだった。ベッドの真横には、大きなチェストが置かれている。鏡には、ベッド全体が映っていた。

「『ドリーム企画』の社長は、自分たちの姿を鏡に映しながらセックスするのが好きなようですね」

浅沼が言った。

「そうみたいだな」

「さっきナイトテーブルの引き出しを開けたら、セックス・グッズがびっしり詰まってましたよ。バイブレーターなんか五つもありました」

「箱崎はもう若くないからな」

「そういえば、バイアグラの錠剤もあったな。それから、模造手錠や麻縄も入ってました。そうだ、ママを俯《うつぶ》せにさせて模造手錠を掛けといたほうがいいでしょ？」

「そうだな」

唐木田は同意した。

浅沼がダブルベッドを回り込み、ナイトテーブルに近づいた。二段目の引き出しから模造手錠を取り出し、真弓を俯せにした。それから、後ろ手に玩具の手錠を掛けた。高く突き出した真弓のヒップは、茹《ゆ》で卵を連想させる。圧《お》し潰されて横に食《は》み出した乳房は愛らしかった。

「真弓はまだ若いのに、なんで箱崎のような五十男の愛人になんかなったんでしょうね。これだけの美貌《びぼう》でナイスバディなんだから、別の生き方もできたと思うんだけどな。なんかもったいない気がします」

「その彼女は、元テレビタレントだったらしいよ。しかし、なかなかビッグにはなれなかったんだろう」

「で、割り切って、箱崎の愛人になったんですかね？」

「多分、そうなんだろうな。パトロンがいれば、贅沢《ぜいたく》な生活ができる。銀座に高級クラブを持たせてもらえれば、ある種の華やかさも味わえる。中途半端な芸能人よりも、そっちのほうがいいと考えたんだろう」

唐木田は口を結んだ。

浅沼がふたたびベッドに浅く腰かけ、懐から手術用のメスを取り出した。刃渡りは十数センチだった。

それから間もなく、真弓が小さく唸《うな》って意識を取り戻した。浅沼が真弓の頸動脈《けいどうみやく》に寝かせたメスを寄り添わせた。

「大声を出さないでくれ。騒いだら、首から血煙が噴き上がることになるよ」

「あなた、わたしを騙《だま》したのねっ。どうせわたしを裸にして、レイプしたんでしょ」

「レイプはしてない。ただ、ヌードを拝ませてもらっただけさ」

「なぜ、服を脱がせたの？」

「きみに逃げられちゃ、ちょっと都合が悪いんだ。模造手錠を無断で使わせてもらったぜ」

「あっ、もうひとりいたのね」

真弓が唐木田に気づき、表情を強張《こわば》らせた。

唐木田は寝椅子《カウチ》から立ち上がり、ベッドに歩み寄った。

「手荒なことをしたが、きみに恨みがあるわけじゃないんだ。運が悪かったと諦めてくれ」

「あんたたちの目的は何なの？　お金なら、あげるわよ。といっても、現金は五、六十万しか部屋に置いてないけど」

「おれたちは、押し込み強盗じゃない。きみのパトロンに用があるんだ」

「箱崎のパパにどんな用事があるの？」

「それをきみに話す必要はないだろう。箱崎の携帯のナンバーを教えてくれないか。協力しなかったら、きみは相棒に首を掻《か》っ切られることになる」

「いやーっ、殺さないで！」

真弓が怯《おび》え、パトロンの携帯電話のナンバーを明かした。唐木田はジャケットの内ポケットから携帯電話を取り出し、数字キーを押した。

ややあって、男の太い声が響いてきた。

「箱崎だ。誰かな？」

「自己紹介は省《はぶ》かせてもらう。服部真弓を預かってる」

「きさま、何者なんだ。あっ、レクサスを運転してた奴だな？」

「あんたに訊きたいことがある。『ミューズ』のママが大事なら、高輪のマンションにすぐ来い！」

「きさま、真弓の部屋にいるのか⁉」

「そうだ。いま、ママの声を聞かせてやろう」

唐木田は携帯電話を真弓の顔に近づけた。

真弓が涙声で、救いを求めた。

唐木田は携帯電話を自分の耳に当てた。と、箱崎が叫ぶように言った。

「真弓と直《じか》に喋らせてくれ」

「それは駄目だ。部屋の合鍵は持ってるな？」

「ああ、持ってる」

「八時半までに高輪のマンションに来なかったら、あんたの愛人の命はないと思え」

「真弓には手を出すなっ。八時半がリミットだな。必ず行く」

「ひとりで来なかったら、すぐに『ミューズ』のママを始末するぞ」

「わかってる。で、そっちの要求は金なのか？」

「そうじゃない。あんたに会って、確めたいことがあるだけだ。待ってるぜ」

唐木田は通話を一方的に切り、寝椅子《カウチ》に腰を落とした。

第三章　見えない標的

1

携帯電話が震えだした。

午後八時過ぎだった。唐木田は寝室から居間に移り、携帯電話を耳に当てた。

「親分、おれだよ」

岩上の声だった。唐木田は箱崎に呼び出しの電話をかけたあと、ホームレス刑事に真弓の部屋に押し入ったことを伝えてあった。

「箱崎は、ちゃんと高輪に向かってるかな？」

「ああ、向かってる。しかし、途中で番犬を一匹拾ったぜ」

「どんな番犬なんだい？」

「ロールスロイスの助手席に乗ってるのは、シュートボクシングの二宮大輔だよ」

「やっぱり、箱崎は命令に背《そむ》いたか」

「親分、二宮のことはおれに任せてくれ。その代わり、奴が暴れても親分は手を出さないでほしいんだ」

「傷害容疑で、二宮を現行犯逮捕する気だね？」

「そういうことだよ。真弓の部屋の暗証番号を教えてくれないか」

岩上が言った。唐木田は暗証番号を教え、ほどなく電話を切った。

ちょうどそのとき、寝室で浅沼が呻《うめ》いた。

唐木田は寝室に走った。浅沼が左手の指を撫《な》でさすっている。

「どうしたんだ？」

唐木田は問いかけた。

「この女に指をいきなり嚙《か》まれたんです」

「何か悪さをしてたんじゃないのか？」

「違いますよ。髪の毛が顔面に掛かってたんで、搔《か》き上げてやろうとしただけです。

そうしたら、不意に……」

「指でよかったじゃないか。分身を嚙まれてたら、もっと大変なことになってたぜ」

「他人事《ひとごと》だと思って、軽く言わないでくださいよ。三本の指に歯の痕《あと》がくっきりと残ってるんですからね」

浅沼が口を尖《とが》らせた。

唐木田はかすかに苦笑し、ベッドの上にいる裸の真弓に話しかけた。

「なんで、おれの相棒の指を噛んだんだ？」

「その男は調子のいいことを言って、このわたしを罠《わな》に嵌《は》めた。それで、癪《しやく》に障ったのよ。あなたが言ってたように、どうせなら、男性自身を噛んでやればよかったわ」

「これから、やってみるかい？」

「冗談じゃありませんよ」

浅沼が早口で言った。唐木田は小さく笑った。

「ね、パパは何か危《ヤバ》いことをしたの？」

真弓が唐木田に顔を向けてきた。

「きみには関係のないことだ」

「そうかもしれないけど、やっぱり気になるわよ」

「それなら、きみにも少し質問するか。箱崎から異種格闘技ショーのプロモートに乗り出すって話を聞いたことは？」

「その話なら、何カ月か前に聞いたことがあるわ。それが何かまずいことになったの？」

「そのこと自体は別に問題ないんだ。しかし、きみのパトロンは女優の有働里沙とトルネードのスター選手だったアドルフ・シュミットを殺し屋《プロ》に始末させたかもしれないんだ」

「嘘《うそ》でしょ⁉　有働里沙は殺されたのかもしれないけど、アドルフ・シュミットは確ト「か病死のはずよ」

「担当医が嘘の死亡診断書を書いたんだ。アドルフが病室で何者かに顔に生ゴムシートを当てられて、窒息死させられたことは間違いない」

「ほんとに?」

「ああ。箱崎は、里沙とアドルフが愛人関係にあったことを脅しの材料にして、二人を自分の会社に引き抜こうとしてたようなんだ。それからアドルフには、八百長試合を強《し》いてた疑いもある。箱崎から、そのあたりの話を聞いたことは?」

「ううん、ないわ」

「箱崎は格闘技賭博《とばく》の胴元をやってると思われるんだが、そういう話を聞いたことは?」

「一度もないわ」

「そうか」

唐木田は寝椅子《カウチ》に腰かけた。

「ね、トイレに行かせて。さっきから、おしっこを我慢してるの」

「今度は逃げる気になったのか?」

「逃げたりしないわよ。だから、お手洗いに行かせてくれない?」

「いいだろう」

「早く手錠を外して」

真弓が浅沼を急《せ》かした。浅沼が上着のポケットから鍵《かぎ》を取り出し、模造手錠を手早く解いた。

真弓が両手首をさすりながら、ベッドから下りた。すかさず浅沼が真弓の片腕を掴《つか》んだ。

「エスコートしてやるよ」

「トイレまで従《つ》いてくる気なの⁉」

「逃げられたくないからな」

「わたし、逃げないって言ったでしょ！　すぐに戻ってくるから、ひとりでお手洗いに行かせてよっ」

真弓が喚《わめ》いた。しかし、浅沼は取り合わなかった。二人は寝室から出ていった。

唐木田は居間に移り、煙草に火を点《つ》けた。

ふた口ほど喫《す》ったとき、浅沼がトイレの方から戻ってきた。唐木田は小声で岩上から電話があったことを浅沼に告げた。

浅沼がうなずき、手洗いのある場所に引き返していった。

少しすると、浅沼たち二人が戻ってきた。

唐木田は、短くなったラークマイルドの火を揉《も》み消した。そのとき、真弓が浅沼を突き飛ばした。彼女は寝室に逃げ込んだ。すぐに内錠が掛けられた。

「これを使え」

唐木田は上着のポケットから手製の解錠道具を取り出し、浅沼に投げた。浅沼がうまくキャッチした。

「もう横造手錠は掛けなくてもいいから、ママをベッドに横たわらせて、メスを宛《あ》てがってくれ」

唐木田は言った。

浅沼が造作なくドア・ロックを外し、寝室の中に入った。真弓が室内を逃げ回り、浅沼に枕《まくら》やティッシュ・ペーパーの箱を投げつけた。

浅沼がメスをちらつかせた。たちまち真弓は竦《すく》み上がり、浅沼の命令に従った。仰向けになった真弓の脇腹《わきばら》にメスが当てられた。

部屋のインターフォンが鳴ったのは、ちょうど八時半だった。

唐木田はインターフォンの受話器は取らなかった。玄関に直行し、ドア・スコープに片目を寄せる。

渋い色合の背広を着た箱崎が歩廊に立っていた。シュートボクシングのエースは、ドアの横にへばりついているにちがいない。

唐木田はドアを開け、半身を乗り出した。

次の瞬間、横から腰を蹴《け》られた。唐木田はよろめき、歩廊に片膝《かたひざ》をついた。二宮が唐木田の後ろ襟を摑んだ。

　唐木田は摑み起こされ、ボディー・ブロウを見舞われた。パンチを受ける直前、腹の筋肉を張る。ダメージは小さかった。

　だが、唐木田はわざと大仰《おおぎょう》に唸《うな》った。そのまま、歩廊にうずくまる。

「おれを甘く見てたな」

　箱崎が勝ち誇ったように言った。

「ひとりで来いと言ったはずだぜ」

「約束を破っても、別に法律違反にはならないだろうが」

「おれの仲間が『ミューズ』のママを人質に取ってるんだ」

「それが何だと言うんだね？　女のスペアなど掃《は》いて棄《す》てるほどいる」

「服部真弓がどうなってもかまわないんだなっ」

　唐木田は声を張りあげた。

「愛人は所詮《しょせん》、愛人さ。真弓はかわいいが、大事なものを失ってまで護《まも》ってやる気はないよ」

「薄情な奴だ」

「二宮君、こいつを部屋の中に引きずり込んで半殺しにしてくれ。もちろん、仲間の男もな」

箱崎がそう言い、少し退《さ》がった。そのとき、エレベーター・ホールの方から岩上が駆けてきた。

「何もかも見てたぞ」

「あんたは？」

二宮が挑発的な目を岩上に向けた。岩上が懐から警察手帳を取り出した。二宮と箱崎が顔を見合わせた。

「刑事さん、いいところに来てくれました。おれ、この男に蹴られてパンチを浴びせられたんですよ」

唐木田は二宮を指さしながら、岩上に言った。

「ええ、見てましたよ。いま、現行犯逮捕します」

「おれは何もしちゃいねえ。ね、そうですよね？」

二宮が箱崎に同意を求めた。箱崎が懸命に二宮を庇《かば》った。

ホームレス刑事は無言で腰から手錠を取り出した。すると、二宮が逃げる素振りを見せた。

岩上が落ち着いた様子で特殊警棒を取り出し、二宮の後頭部と右肩を強打した。二宮が二度呻き、膝から崩れ落ちた。

岩上は特殊警棒をしまうと、二宮に手錠をかけた。前手錠だった。

「わたしは何もしてないぞ」

箱崎が岩上に言った。

「あんたは確かに手は出してない。しかし、場合によっては警察に来てもらうことになるぞ」

「わたしは無関係だよ」

「こいつの取調べが終わったら、また、あんたに会うことになるかもしれない」

岩上が箱崎に言いおき、二宮を引ったてていった。

唐木田は腰のホルスターからアイスピックを引き抜き、箱崎の脇腹に突きつけた。

そうしながら、手早く身体検査をする。箱崎は丸腰だった。

唐木田は『ドリーム企画』の社長を真弓の部屋に引きずり込んで、玄関マットの上に捻《ひね》り倒した。

「き、きさま、おれを誰だと思ってるんだっ」

箱崎が怒声を放ち、半身を起こした。

唐木田は冷ややかに笑い、箱崎の喉《のど》を蹴った。

箱崎が後ろに倒れ、体を丸めた。唐木田はアイスピックの先を箱崎の片方の耳の中に浅く突っ込んだ。

「このまま深く突き刺したら、アイスピックの先端は脳まで達するな。もちろん、あんたは死ぬ」

「わかったよ。言われた通りにする」

「まず靴を脱いでもらおうか」

「脱ぐから、アイスピックを離してくれ」

箱崎が哀願した。震え声だった。

唐木田はアイスピックを箱崎の腰に移した。

箱崎が立ち上がって、靴を脱いだ。唐木田は箱崎の背後に回り、寝室まで歩かせた。

「パパ、なんとかして！」

真弓が箱崎に訴えた。箱崎は口の中で何か呟き、愛人から目を逸らした。

「わたし、こんな恥ずかしい姿にされてるのよ。せめて服を着させろって言ってよ」

「………」

「パパ、なんで黙りこくってるのっ」

真弓が苛《いら》立《だ》った。唐木田は真弓に顔を向けた。

「箱崎は女のスペアはいくらでもいると言ってた。要するに、きみよりもわが身がかわいいってことだな」

「それはそうかもしれないけど、何も言わないなんて、ひどすぎるんじゃない？　パパ、何か言ってちょうだい！」

真弓がパトロンを詰《なじ》った。ややあって、箱崎がうっとうしそうに口を開いた。

「子供みたいに喚《わめ》くんじゃないっ」

「パパ、なんてことを言うの！」

「うるさい、少し黙れ」

「パパは、わたしの体にしか興味なかったのね」

「悪いか？　贅沢《ぜいたく》させてやってるんだ。それ以上のことを望むなんて思い上がってる」

「ひどいわ、ひどすぎるわよ。わたし、パパのために、お店の売上を伸ばす努力をしてきたのに」

「そんなことは当然だ。おまえには毎月、二百万の手当をやって、服やバッグも好きなだけ買わせてやったんだからな」

「体だけしか価値がないだなんて、あんまりよ。哀《かな》しいわ。哀しすぎるわよ」

真弓が俯《うつぶ》せになって、枕に顔を埋めた。白い肩が小刻みに震えはじめた。嗚咽《おえつ》は、しばらく熄《や》みそうもなかった。

「その女を好きにしてもいいよ。それから金が欲しいんだったら、くれてやろう」

「あんたは何か勘違いしてるな」

唐木田は言うなり、アイスピックを箱崎の左肩に突き立てた。箱崎が呻いて、ゆっくりと頽《くずお》れた。水を吸った泥人形のような崩れ方だった。

唐木田はアイスピックを引き抜き、付着した血糊を箱崎の顔面になすりつけた。

「おれたちは、有働里沙、アドルフ・シュミット、仲幹雄の三人の死の真相を知りたいんだよ」

「いったい何のことを言ってるんだ？」

「会社の山本弘から何も報告を受けてないとは言わせないぞ」

「………」

「あんたは山本を使って、里沙を『ドリーム企画』に引き抜こうとした。里沙がアドルフと不倫していたことを脅しの材料にしてな。しかし、里沙は移籍の話には乗ってこなかった。そうだな？」

「そういえば、そんなことがあったな。しかし、それはそれで終わったことだ」

「終わったことだと？」

「ああ、そうだよ」

箱崎が言った。浅沼が険《けわ》しい表情で箱崎に歩み寄り、メスを首筋に押し当てた。箱崎が体を強張《こわば》らせた。

「あんたはアドルフにも脅しをかけ、彼に里沙の引き抜きに協力しろと迫ったんじゃないのか。それで、アドルフも自分の新事業に協力させようとしたんだろうが」

唐木田は声を高めた。

「新事業？」

「とぼけるんじゃない。あんたは、異種格闘技ショーのプロモートも手がけることになってる。山本が吐いてるんだ。紀尾井町の料亭で会った二宮、室戸、ケネス・ドマニクの三人とは、もう専属契約を済ませたってことをな。それから、あんたは『トルネード・コーポレーション』所属のセルジオ・ファス、イワン・デニーソヴィッチ、トム・マッケンジーの三人の引き抜きも進めてる。スター選手だったアドルフ・シュミットにも、移籍の話を持ちかけたはずだ」

「………」

「しかし、アドルフに断られた。その前後に、あんたはアドルフに八百長試合をしてくれって頼んだんじゃないのか。だが、それもきっぱり断られてしまった。そこで、あんたはアドルフを誰かに始末させ、里沙も葬らせた。それから、東都医大病院の仲ドクターを誰かに四谷駅のホームから突き落とさせた疑いも濃い」

「違う、そうじゃない。里沙とアドルフを引き抜こうとしたことは認めるよ。しかし、アドルフに八百長話を持ちかけたことなんか一度もない。おれが格闘技賭博の胴元をやってるようなことを言わないでくれ」

　箱崎が怒りを含んだ声で言った。

「胴元なんかじゃないと言うのか？」

「ああ。トルネードの試合で賭博をやってる奴がいるって噂はどこかで聞いたことはあるが、おれは無関係だ。何度も言うが、おれは誰も殺《や》らせちゃいない」

「おれは、あんたの自宅の近くの植木畑で撃たれそうになったんだ。山本って社員を締め上げてるときにな。あのスポーツキャップを被った男は、あんたが雇った殺し屋《プロ》なんだろうが！」

「その男のことは山本から報告を受けてるが、おれとは関わりがない奴だ。嘘じゃない」

「あんたの言葉をすんなり信じるわけにはいかないな」

唐木田はそう言い、浅沼に目配せした。

浅沼が小さくうなずき、メスを箱崎の頰《ほお》に滑らせた。箱崎が呻いて、顔に手を当てる。指の間から鮮血があふれた。

「あんたは素っ堅気じゃないんだ。少しは箔《はく》をつけたほうがいいぜ」

「き、きさま！　おれは稲森会の理事たちと仲がいいんだ。このままじゃ、済まないぞ」

「ほざくな」

唐木田は言いざま、アイスピックを箱崎の左腕に突き刺した。

箱崎が目を剝《む》いて、長く唸った。

「もう一度、訊く。あんたの話は事実なのか？」

「何度も同じことを言わせるな。ううーっ、痛《いて》え！　早くアイスピックを抜いてくれ」

「おっと、手許が狂っちまった」

唐木田はアイスピックを抜く振りをし、さらに手に力を込めた。アイスピックは深く沈んだ。

箱崎が唸りながら、横に転がった。

唐木田はアイスピックを引き抜き、足許から真弓の黒いレースのパンティーを抓《つま》み上げた。煽情《せんじょう》的な下着を箱崎の頭にすっぽりと被せ、浅沼に目で合図した。

浅沼がデジタルカメラを構え、箱崎のみっともない姿を撮《と》りはじめた。

「この映像を観《み》た者は、あんたが変態だと思うだろうな」

「なんだって、こんなことをさせるんだっ」

「一種の保険をかけたのさ。筋者どもに追っかけ回されるのはうっとうしいからな。ついでに、別のシーンも撮らせてもらおう」

唐木田はナイトテーブルに歩み寄り、引き出しの中から紫色のバイブレーターを取り出した。スケルトン・タイプだった。性具のスイッチを入れ、箱崎の近くに戻る。

「何をする気なんだ⁉」

箱崎が黒いパンティーを毟《むし》り取った。

唐木田は薄く笑って、くねくねと動く人工ペニスを箱崎の口の中に突っ込んだ。箱崎が喉を軋《きし》ませた。

浅沼がデジタルビデオカメラのレンズを箱崎の顔面に近づけた。そのとき、真弓がベッドから滑り下りた。

「わたしにも手伝わせてちょうだい」

「どういうことなんだ?」

「その男とは、もう別れるわ。売春婦のように言われたんだから、このままじゃ癪《しゃく》でしょ? 少し屈辱感を味わわせてやりたいの」

「いいだろう」

唐木田はバイブレーターの握りの部分から手を離した。

すぐに真弓がバイブレーターを握り込み、箱崎の頭を抱え込んだ。箱崎が息を詰まらせた。かまわず真弓は、性具のパワーを最大にした。

モーターの唸りが高くなった。

箱崎が、くぐもった悲鳴をあげはじめた。何分か経《た》つと、真弓は荒々しくバイブレーターを箱崎の口から引き抜いた。

性具のスイッチが切られた。真弓はバイブレーターを投げ捨てると、箱崎に尻《しり》を向けた。

てた。

「わたしの肛門を舐《な》めなさいよ」

「そ、そんなことできるかっ」

箱崎が怒鳴った。唐木田は何も言わずにアイスピックの先を箱崎の頭頂部に押し当てた。

真弓が上体を大きく折って、白い双丘を自ら押し開いた。

「早く舐めなさいよ。最後は、おしっこを引っかけてやる！」

「真弓、恩を忘れたのかっ」

「何が恩よ。冗談じゃないわ！」

「くそっ」

箱崎が観念し、真弓の後ろのすぼまった部分に舌を伸ばした。

「面白い映像が撮れそうだな」

浅沼が愉《たの》しそうに言って、アングルを少しずつ変えはじめた。

唐木田は箱崎の真後ろに立った。箱崎が逃げる気配を見せたら、背中にアイスピックを投げつける気でいた。

「もっと真面目《まじめ》に舌を使いなさいよ」

真弓が箱崎を叱《しか》りつけた。箱崎が自棄《やけ》気味に舌を大きく閃《ひらめ》かせはじめた。

唐木田は、箱崎をせせら笑った。

2

広い道場には熱気が充満していた。

新宿区内にある闘魂修道塾東京本部だ。空手衣、柔術衣、ショートスパッツ姿の門下生たちが思い思いに練習に励んでいる。

「圧倒されそうなパワーを感じるな」

唐木田は、東日本スポーツ新聞の柿沢に言った。柿沢は芸能部のデスクになる前、スポーツ部で格闘技を担当していた。

箱崎を締め上げた翌日の午後三時過ぎである。

「多くの門下生がトルネードの選手になれる日を夢見て、それぞれ空手、グレイシー柔術、ムエタイ、テコンドー、中国武術、サンボ、レスリングなんかを習ってるんだ。数こそ少ないが、サバットの練習をしてる門下生もいる」

「柿沢、サバットというのは？」

「フランスの総合格闘技のことだよ。簡単に言うと、フランス式ボクシングだな。手足による打撃と投げ技でファイトし合うんだ。正式にはボックス・フランセーズというんだよ。あのアーネスト・ホーストやブランコ・シカティックも、かつてはサバットの花形選手だったんだ」

「そうだったのか。勉強になったよ」

「唐木田、ノンフィクション・ライターになりたいって話は本気なんだろうな？」

柿沢が確かめるように訊いた。

「なれるかどうかわからないが、本気でチャレンジしてみたいんだ。最初のテーマに格闘技を選んだのは、男たちの荒ぶる魂を揺さぶれそうだと思ったからなんだよ。それで、おまえに頼んで、ここに連れてきてもらったってわけさ」

「地道な取材は大事だが、もう少し予備知識を仕込んだほうがいいな。サバットも知らないようじゃ、相手が白《しら》けちゃうぜ」

「猛勉強するよ」

「ああ、そうしてくれ。『トルネード・コーポレーション』のジムは、奥にあるんだ。行こう」

「オーケー」

唐木田は柿沢と肩を並べて歩きだした。ノンフィクション・ライターをめざしているという嘘をついたことで、いささか後ろめたい気持ちだった。

しかし、なんとしてでもトルネードの選手たちと言葉を交わす機会を得たかった。柿沢に真実を知られたら、友情に罅《ひび》が入ることになるかもしれない。それはそれで、仕方のないことだろう。

奥のジムには、夥《おびただ》しい数のサンドバッグやパンチングボールが並んでいた。バーベルセットも数多い。ウエイトベンチ、シットアップ・ベンチ、ラット・マシーンなども見える。

テレビ中継で見知っているトルネード選手が何人もいた。彼らはパンチングボールに黙々と拳《こぶし》を叩き込んだり、キック・ミットに蹴りを入れていた。ヘッドガードやボディー・プロテクターを付けて、実戦さながらの烈《はげ》しい闘いを繰り広げている選手たちの姿もあった。

柿沢が顔馴染みの選手たちににこやかに挨拶した。唐木田も目礼した。

ジムの壁には闘魂修道塾塾長で、『トルネード・コーポレーション』社長の光瀬耕治の大きな写真が掲げられている。その横には、アドルフ・シュミットの遺影が飾ってあった。

「どんな選手から話を聞きたい？」

柿沢が訊いた。

「できれば、全選手にインタビューしたいね」

「そいつは無理だよ」

「それじゃ、セルジオ・ファス、イワン・デニーソヴィッチ、トム・マッケンジーの三人のほか、柿沢が親しくしてる選手を何人か集めてもらえないか」

「わかった。ここで待っててくれ。いま、ゼネラル・マネージャーに取材の申し込みをしてくるから」

「よろしく！」

唐木田は軽く頭を下げた。

柿沢がゆっくりと遠ざかっていった。

五分ほど待つと、柿沢が四十五、六のスポーツ刈りの男と一緒に戻ってきた。男はゼネラル・マネージャーの倉持勇《くらもちいさむ》だった。

唐木田は名乗って、格闘技を題材にした長編ノンフィクション作品を執筆する予定であることを打ち明けた。

「どうせなら、トルネードのことだけを書いてくださいよ。あなたの本が売れたら、うちの宣伝になりますからね」

倉持が笑いながら、そう言った。

「検討してみます」

「賢明な方だな。それはそうと、セルジオとイワンはちょっと時間の都合がつかないんですよ。トム・マッケンジーは大丈夫です。ほかに二、三人、取材に協力させましょう」

「よろしくお願いします」

「あなた、語学は得意なほう？」

「ブロークン・イングリッシュだけです」

「それじゃ、日本語の上手な外国人選手のほうがいいな。応接室でお待ちください」

「はい」

唐木田は短く答えた。

「倉持さん、わたし、すぐに社に戻らなきゃならないんですよ」

柿沢がゼネラル・マネージャーに言った。

「そうなの」

「唐木田のこと、よろしく頼みますね」

「わかりました」

「柿沢、ありがとう」

唐木田は友人に謝意を表した。

柿沢が手を振って、あたふたとジムから出ていった。唐木田は倉持に導かれ、二階の応接室に入った。広々とした応接室だった。ほぼ中央に、総革張りの応接ソファが据えられている。

「どうぞ掛けてください。いま選手たちを呼んできますんで」

倉持がそう言い、応接室から出ていった。

唐木田はソファに腰かけ、煙草に火を点けた。一服し終えたとき、四人の選手を従えたゼネラル・マネージャーが戻ってきた。

唐木田は立ち上がって、トム・マッケンジーたち四人に会釈《えしゃく》した。倉持が選手をひとりひとり紹介し、ソファに坐らせた。

レネ・カーマンはオランダ出身で、ボクシングとパワー空手で鍛え上げた新鋭ファイターだ。豹《ひょう》のような目をしたグレンコ・アンドリヤセビッチはクロアチア人で、ムエタイの王者として知られている。

デニス・ホームズはアメリカ出身の黒人だ。五つの格闘技を心得た巨漢である。

唐木田はコーヒーテーブルの上にＩＣレコーダーを置き、取材する真似事をした。四人の選手たちの経歴やタイトル歴を訊き、今後の抱負も語ってもらった。

倉持ゼネラル・マネージャーは途中で、さり気なく席を立った。

「アドルフ・シュミットさんは病死ではなく、実は誰かに殺害されたのではないかと推測してるジャーナリストがいるようですが、その点についてはどう思われます？」

唐木田は四人の選手を等分に眺めた。一拍置いて、トム・マッケンジーが口を開いた。

「その推測は間違ってるね。アドルフさんは去年の秋ごろから、なんとなく体調がよくなかったんだ。病死だよ」

「おれは、他殺かもしれねえと思ってる」

デニス・ホームズが顔を曇らせた。仲間の三人が驚きの声を次々に洩らした。

「そう思われたのは、なぜなんです？」

唐木田はデニスに問いかけた。

「アドルフさん、去年の暮れに正体不明の男にグランプリ決勝戦でわざと負けろって電話で脅されたらしいんだよ」

「ご本人が、あなたにそう言ったんですか？」

「そう、トレーニング中にね。つき合ってた女優とのスキャンダルをちらつかされたようだよ。だけど、アドルフさんは八百長なんかしなかった。だから、その脅迫者に殺《や》られた可能性もあると思ったんだ」

「なるほど。アドルフさんは謎の脅迫者とは電話で喋っただけなんですかね？」

「ああ、そう言ってたよ。ボイス・チェンジャーか何か使ってたらしくて、その男の声は不明瞭だったってさ」

「ほかに何か言われなかったんだろうか」

「八百長試合をしなかったら、つき合ってる女優を殺すとも脅されたみたいだぜ。でも、アドルフさんはそんな脅迫にはビビらなかった。彼は偉大なファイターだったから、自分の死よりも誇りのほうが大切だったんだろうね」

「アドルフさんのほかに、八百長試合を持ちかけられた選手はいるんでしょうか？」

「うむ」

デニスが短く迷ってから、トルネードのスター選手の名を二人挙げた。ひとりはブラジル人で、もう片方は南アフリカ出身者だった。ともに人気が高く、テレビ・コマーシャルにも出演していた。

「その二人も、電話で正体不明の男に八百長を持ちかけられたんですかね？」

「うん、そうだよ。それから二人とも、アドルフさんと同じように女性関係のスキャンダルを握られてたとか言って、薄気味悪がってたね」

「その脅迫者は格闘技賭博の胴元なんだろうか」

「胴元？」

「ディーラーのことですよ」

「ああ、わかった。アメリカのイタリアン・マフィアやチャイニーズ・マフィアは、あらゆるプロスポーツの賭博をやってる。脅迫者は、おおかた日本のやくざ《ギャングスター》なんだろうな」

「かもしれませんね。ところで、みなさんは『ドリーム企画』という芸能プロが異種格闘技ショーの興行を手がけるって話をご存じですか？」

唐木田は言いながら、トム・マッケンジーの顔を見た。視線が交わった。

「知ってます。わたし、社長の箱崎さんに引き抜かれそうになりました。ロシアのイワン・デニーソヴィッチやブラジルのセルジオ・ファスに誘われたんです」

「それで、どうされたんです？」

「わたしたち三人は、揃《そろ》って断るつもりです。ファイトマネーは悪くなかったし、CF出演の話も魅力的だったんですがね。でも、箱崎社長は超格闘技《スーパー・マーシャルアーツ》をスポーツとして評価してない感じだったんですよ」

「つまり、一種のショーにすぎないという見方をしてるわけですね？」

「そうなんです。だから、わたしたち三人はトレードの話は断ることにしたんです」

「引き抜きの話は、倉持ゼネラル・マネージャーや光瀬塾長には内緒だったんでしょうね？」

「内緒にするつもりだったんですけど、ゼネラル・マネージャーに覚《さと》られてしまいました」

トムが茶目っ気たっぷりに首を竦《すく》めた。

「それじゃ、倉持さんは引き抜きの話を当然、光瀬塾長に話されたんでしょうね？」

「ええ。それで、わたしたち三人はすぐ塾長に呼ばれました。怒鳴られると思ったんですが、光瀬塾長は好きにしてもいいと言ったんです。なんだか塾長に突き放されたようで、少し焦《あせ》りました。で、われわれは『トルネード・コーポレーション』にずっとお世話になりたいとお願いしました」

「そうですか。光瀬塾長は、『ドリーム企画』が異種格闘技ショーをプロモートすることをどんなふうに言ってました？」

「向こうはショーを手がけるんだろうから、別に気にもならないと言ってましたよ」

「余裕だな。確かに、その通りかもしれませんね。そうそう、光瀬塾長は逆に芸能界に進出するお気持ちがおありだとか？」

「トルネードの人気選手をテレビのＣＦにどんどん出演させるつもりだとは言ってますが、芸能プロを新たに設立するなんて話は聞いてませんね」

トムが答えた。

そのとき、クロアチア出身のグレンコが小声でトムに注意した。

「おまえ、喋りすぎね。余計なことを言うと、あとでゼネラル・マネージャーに怒られるよ」

「別に問題ないじゃないかっ」

「問題あるよ。おれたちはファイターで、広報マンじゃない」

二人が言い合いになると、オランダ人のレネ・カーマンが仲裁に入った。トムとグレンコは、ばつが悪げに笑って口を噤《つぐ》んだ。

ちょうどそのとき、倉持が応接室に戻ってきた。四人の格闘家が居ずまいを正した。ゼネラル・マネージャーには、どうやら一目置いているらしい。

「取材のほうは、もうよろしいですかね。この四人は、まだメニューを半分もこなしてないいんですすよ」

「おかげさまで、取材は終わりました」

唐木田は倉持に言って、四人のファイターにも礼を述べた。トムたちが丁寧《ていねい》な挨拶をし、ジムに戻っていった。

「光瀬をご紹介しましょう。塾長室は最上階の八階にあるんです」

倉持が言った。唐木田は卓上のＩＣレコーダーを掴み、停止ボタンを押した。ＩＣレコーダーをジャケットのポケットに入れ、倉持と一緒に応接室を出る。

エレベーター・ホールは、すぐ近くにあった。二人は八階に上がった。

倉持が塾長室のドアをノックすると、室内で野太《のぶと》い男の声がした。

「倉持君か？」

「そうです。お客さんをお連れしました」

「お入りいただきなさい」

「はい」

倉持が静かに飴色《あめいろ》のドアを開け、唐木田を目顔で促した。唐木田はゼネラル・マネージャーよりも先に館長室に入った。

正面のマホガニーの両袖机に向かって、光瀬が何か書類に目を通していた。テレビ画面で観るよりも、だいぶ若々しい。体も引き締まっていた。頭髪も黒々としている。

「東日本スポーツ新聞の柿沢さんのご友人だとか？」

「そうです。初めまして、唐木田と申します」

「光瀬です。追加取材が必要なときは、いつでもおっしゃってください。遠征試合がないときなら、全面的に協力しますよ」

「ありがとうございます」

「あちらで、お話を……」

光瀬が椅子から腰を浮かせ、壁際に置かれたソファセットを手で示した。唐木田はソファに腰かけた。

「倉持君、誰かにコーヒーを運ばせてくれ」

光瀬がゼネラル・マネージャーに言い、唐木田の正面に坐った。両手の空手だこは、驚くほど大きかった。

「ごゆっくり！」

倉持が唐木田に言い、塾長室から出ていった。

「アドルフ・シュミット選手は残念でしたね」

「彼が急死するなんて思ってもいなかったんで、大変なショックを受けました。アドルフは、トルネードの広告塔でしたからね」

「ええ。惜《お》しい選手を亡《な》くされて、関係者の方々はまだ悲しみにくれているんじゃありませんか?」

「そうですね。しかし、いつまでも悲しみにくれていたら、故人が天国で焦《じ》れるでしょう。アドルフは、トルネードの発展だけを願ってくれてたんです。われわれは、この悲しみを乗り越えて、もっともっと大きく羽ばたくつもりです」

「ぜひ頑張ってください。わたしもトルネードのことを中心に据えて、格闘技の熱気を原稿にまとめるつもりです」

「版元はどこになるんです?」

「企画書は『文英社』に出してあります。ですから、『文英社』から本が出ると思います」

唐木田は澱《よど》みなく嘘をついた。

「『文英社』といったら、大手出版社ですね。ベストセラーになることを祈ってます。多くの読者にトルネードのことを知っていただければ、こちらも嬉しいですからね」

「売れるような本を書く努力をします」

「ぜひ、よろしく！　それにしても、元判事さんがスポーツ・ノンフィクションを書かれるわけですから、それだけで出版界の話題になるんじゃありませんか。きっとご著書は売れますよ」

光瀬がそう言い、葉煙草《シガリロ》をくわえた。

そのすぐあと、若い女性が二人分のコーヒーを運んできた。光瀬の秘書なのか。だが、彼は何も言わなかった。

若い女性が塾長室から消えると、光瀬が問わず語りに喋りだした。

「一部のマスコミと古いタイプの武道家たちはわたしのことを単なる実業家と見たり、興行師と言ったりしてますが、それは誤解も誤解です。わたしはトルネードを広く知ってもらいたくて、数多くの試合をプロモートしてるんです。断じて目的は金儲けなんかじゃありません。確かに興行収入やテレビ放映権の収益は巨額です。しかし、百五十数人の所属選手のファイトマネーや遠征費用といった支出が莫大《ばくだい》な額になるんです」

「そうでしょうね」

「海外を含めて約十五万人の門下生がいますが、彼らからは六千円の月謝しか貰ってないんです。道場やジムの維持費も賄《まかな》えない状態なんですよ。トレーナーや事務員たちの給料も、びっくりするほど安いんです。わたしの年収も税込みで、千五百万弱なんですよ。言い訳めいて聞こえるかもしれませんが、決してビジネス一辺倒じゃないんです。あなたには、その点をはっきりと書いていただきたいな」

「もちろん、事実をありのままに書くつもりです」

「経営は楽じゃないんです。そんな窮状を見かねて、選手たちが積極的にテレビのCMに出てもいいと言ってくれたんです。そして、彼らは出演料の半分を『トルネード・コーポレーション』にコミッションとして納めてくれるとも約束してくれたんですよ。ありがたい話です」

「それで、トルネードさんが芸能界にも進出するなんて噂が流れたんですね？」

「そのことは、わたしの耳にも入ってきました。しかし、芸能プロを設立する気なんかありません。われわれは、格闘家集団ですから。ただ、顧問の公認会計士は税金面で芸能プロを子会社に持つべきだと言ってますがね。仮に芸能プロを設立することになっても、所属選手以外のテレビタレントや歌手を抱えるつもりはありません」

「そうですか？」

「何か儲かるサイドビジネスはありませんか？　組織こそ大きくなりましたが、本当に火の車なんですよ」

「わたしも金儲けには縁のない人間ですんで、何も知恵は出せないな」

唐木田は苦笑いして、コーヒーカップを持ち上げた。光瀬も苦笑し、葉煙草《シガリロ》の火を消した。

唐木田はコーヒーを啜りながら、ある考えに捉《とら》われた。

『トルネード・コーポレーション』の経営が赤字だとしたら、プロモーターの光瀬が第三者を使って、アドルフたち看板選手に八百長の話を持ちかけた可能性もなくはない。大方の予想を裏切る試合結果になれば、格闘技賭博の胴元の収益は大きくなる。

光瀬なら、アドルフだけではなく、スター選手たちの私生活も把握《はあく》しているはずだ。アドルフは何らかの方法で、謎の脅迫者を操《あやつ》っている人物が光瀬だと知り、そのことを恋人の有働里沙に教えたのではないか。

光瀬はちょっとしたミスからアドルフに背信行為を知られたことを覚《さと》り、彼と里沙の二人を何者かに片づけさせ、仲幹雄も飛び込み自殺に見せかけて抹殺させたのだろうか。

なんの根拠もないが、話の筋は通っている。

アドルフ・シュミットは看板選手だったが、じきに三十代の半《なか》ばに差しかかる。仮に生かしておいても、すでに盛りは過ぎている。光瀬はそう判断し、アドルフを葬らせたのかもしれない。

あるいは、経済やくざ集団が格闘技賭博の胴元を務めているのだろうか。その可能性も否定はできない。

唐木田はそんなふうに考えながらも、光瀬に何か胡散臭《うさんくさ》さを感じていた。遣《や》り手のプロモーターを少しマークしつづける必要があるのではないか。

「急に物思いに耽《ふ》けられたようだが……」

光瀬が訝《いぶか》った。

「すみません。原稿をどうまとめようかと、ちょっと構成を練ってたんです」

「それだけ気が入ってるんでしたら、ベストセラーになることは間違いないでしょう」

「そうなってほしいものです」

唐木田は話を合わせ、ポケットから煙草とライターを摑み出した。

「アドルフが住んでた目白のマンションは、まだ何も片づけてないんですよ」

「そうですか。ご迷惑でなければ、部屋の中を見せてもらえませんかね?」

「ええ、いいですよ。あとで、倉持に案内させましょう」

光瀬が言って、葉煙草《シガリロ》をくゆらせた。唐木田もラークマイルドに火を点けた。光瀬が壮大な夢を語りはじめた。

唐木田には退屈な話ばかりだったが、熱心に耳を傾ける振りをしつづけた。

3

間取りは3LDKだった。

死んだアドルフが住んでいたマンションだ。ペントハウスである。

眺望は最高だった。眼下に学習院大学のキャンパスが拡《ひろ》がり、都心のビル群が夕陽に染まっている。

唐木田は広いバルコニーにたたずみ、夕景に見惚《みと》れていた。

頬を刺す北風は、あまり気にならなかった。

「アドルフもそうやって、よく東京の景色を眺めてたなあ」

後ろで、ゼネラル・マネージャーの倉持が言った。唐木田は体ごと振り返った。

「いい部屋ですね」

「アドルフは、トルネードのスターでしたからね。あまり安っぽいマンションには住まわせられないでしょ？　ここの家賃、月にいくらだと思います？」

「さあ、見当もつかないな」

「管理費や駐車場代なんかを入れて、毎月六十三万も払ってるんです。べらぼうな額ですよね。なにしろ、わたしの月給よりも高いんだから」

「まさか……」

「ほんとですよ。『トルネード・コーポレーション』は派手に稼いでるように見えるかもしれませんが、台所は苦しいんです。社長の光瀬だって、年収千五百万弱なんですから」

「トルネードの人気は高いわけだから、もっとチケット代を高くしてもいいんじゃないのかな?」

「そうしたいのは山々なんですが、そうもいかないんです」

「どうしてです?」

「光瀬は、ひとりでも多くの方にトルネードの試合を愉《たの》しんでもらいたいと思ってるんです。だから、チケット代を上げるわけにはいかないんです」

「立派だな、光瀬さんのお考えは」

「社長はいい意味で、格闘技ばかですからね。スーパー・マーシャルアーツを世界中の国々に定着させることを目標にしているんです」

「光瀬さんの大きな夢は館長室で聞かせてもらいました。まるで少年のように目を輝かせてたな」

「うちの社長に格闘技の話をさせたら、五時間でも六時間でも語りつづけますよ。生まれたばかりの息子さんを抱き上げて、スーパー・マーシャルアーツの素晴らしさを延々と喋りつづけたというエピソードは有名です」

「そのエピソード、面白いな。ぜひ書かせてもらおう」

「ええ、書いてあげてください」

倉持が言葉を切って、すぐに言い継《つ》いだ。

「唐木田さん、妙な噂のことは書かないでほしいな」

「なんのことです？」

「あなた、取材のとき、四人の選手にアドルフは殺害されたのかもしれないという言い方をしたらしいじゃないですか」

「ええ、しました」

「何か裏付けがあるわけじゃないんでしょ？」

「はい」

「困るんですよ、単なる噂やデマを選手たちに話すのは。ああ見えても、彼らの神経は非常にデリケートなんです」

「不用意でした。申し訳ありません」

唐木田は詫びた。

「それから、デニス・ホームズが喋ったことも忘れてくださいね。アドルフを含めて何人かのスター選手が謎の人物に八百長を強要されたことがあるとかいう話のことです。デニスには少し虚言癖があって、自己顕示欲も強いんです。あいつは何とかして、マスコミ関係者の気を惹《ひ》こうとしてるんですよ」

「そうだったんですか」

「デニスが喋ったことは、でまかせにちがいありません。だから、真《ま》に受けて書いたら、あなたが恥をかくことになりますよ」

「少し気をつけましょう」

「部屋の中の物には絶対に触れないでくださいね。わたしは先にジムに戻りますんで、あとで部屋の鍵を返してください」

倉持がルームキーを差し出した。唐木田は部屋の鍵を受け取った。

「それじゃ、戸締まりをよろしく！」

倉持が、玄関に足を向けた。

唐木田は少し経《た》ってから、居間に戻った。両手に布手袋を嵌《は》め、リビングボードの引き出しの中から検《しら》べはじめた。

ソファを引っくり返し、飾り棚の裏まで覗いてみた。花器の中もチェックした。

だが、一連の事件に関わりのありそうな物は何も見つからなかった。

唐木田は寝室に入り、ベッドの周辺やクローゼットの中まで検《あらた》めてみた。無駄骨を折っただけだった。

書斎も和室も入念に物色してみたが、何も発見できなかった。

溜息をついたとき、唐木田は電話機の留守録音用のマイクロ・テープカセットを点検していなかったことに気づいた。電話機はリビングボードの上にあった。

唐木田は居間に戻り、電話機を検べた。マイクロ・テープカセットがそっくり抜き取られていた。

アドルフが脅迫者の声をとっさに録音し、カセットをどこかに隠したのか。それとも、アドルフを始末させた正体不明の男がこの部屋に侵入し、カセットを持ち去ったのか。

唐木田は、ふたたび寝室に入った。

スポンジ入りの枕を押すと、指先に何か固い物が触れた。マッチ箱ほどの大きさだった。

唐木田は枕カバーのファスナーを滑らせ、中身のパンヤを摑み出した。

パンヤを包む布の一部が裂け、スポンジの一部が食《は》み出していた。唐木田は裂け目に二本の指を突っ込んだ。やはり、隠されていた物はマイクロ・テープカセットだった。

カセットを抜き取り、枕を元通りにした。

すぐに居間に移り、マイクロ・テープカセットを電話機の小さなレコーダー・ボックスに嵌め込んだ。マイクロ・テープは巻き戻してあった。

唐木田は再生ボタンを押した。

雑音《ノイズ》が消え、男のくぐもった声が流れはじめた。

――アドルフ・シュミットさんだね？

いのか。

――そうです。あなた、誰なの？　先に名前を言わないと、それ、失礼ね。

――事情があって、名乗れないんだよ。それだけ言えば、もう察しはつくんじゃないのか。

――わかった。おまえ、写真を送りつけた男ね？

――そうだ。あんたも有働里沙の顔も、はっきり写ってただろ？　あの写真のほかにも、おまえたち二人のスキャンダルを暴《あば》く材料をいろいろ持ってる。

――どうしろと言うんだっ。

――今度のグランプリ決勝戦では、わざと負けてもらいたい。こちらの要求を呑《の》めば、里沙との不倫を暴くことはしないよ。それから、あんたに三千万円やろう。

――八百長試合をやれって言うのか⁉

――そうだ。名前を明かすわけにはいかないが、あんたの仲間がすでに何人か八百長をやってる。あまり深刻に考えないで、小遣いを稼げよ。

――八百長なんかできない。

――里沙がどうなってもいいのか？

――彼女に何かしたら、おまえの正体を突きとめて、必ず殺してやる！

――わたしを見つけることはできないさ。

――草の根を分けてでも、きっと捜し出す。

——ま、好きにしろ。

——あんたは、賭博組織のボスなんだなっ。

——そうだ。あんたが負けてくれれば、わたしの懐が大いに潤《うるお》うんだよ。ひとつ協力してくれないか？

——断る。格闘家はショーマンじゃない。誰もが命かけて闘ってるね、自分のプライドのために。

——青臭いことを言うなよ。何人ものファイターが小遣い稼ぎに八百長試合をやってくれてるんだ。もう少し大人になれよ。

——ちゃんとした大人だから、アンフェアな試合はできないね。おまえの考え方、正しくないよ。最低だ。

——里沙を犯して、嬲《なぶ》り殺しにしてやるか。

——そんなことはさせない。必ずおまえの正体を突きとめて、先に殺してやる。

——謝礼は五千万円払ってやろう。それで、どうだ？

——お金には困ってない。お金よりも、自尊心のほうが大事ね。二度と電話してくるな！

アドルフの怒声が響き、音声は熄《や》んだ。

唐木田はマイクロ・テープを巻き戻し、カセットを抜き取った。それをジャケットのポケットに入れ、すぐさま部屋を出た。

ドアをロックし、エレベーターで一階に降りる。レクサスはマンションの前の通りに駐《と》めてあった。

唐木田は車に乗り込み、闘魂修道塾東京本部ビルに戻った。ほんのひとっ走りだった。

倉持はジムにいた。

唐木田は礼を言って、マンションの鍵をゼネラル・マネージャーに返した。

「いい原稿を書いてくださいよね」

倉持がそう言い、ゆっくりと遠ざかっていった。唐木田はビルを出て、自分の車に足を向けた。

ドア・ロックを解《と》いたとき、背後で男の低い声がした。

唐木田は振り向いた。黒人の大男が大股で近づいてくる。デニス・ホームズだった。

向かい合うと、デニスが先に口を開いた。

「おれが喋ったこと、作り話なんかじゃねえぜ」

「アドルフたちスター選手が何人か謎の男に八百長を持ちかけられたって話だね？」

「そう。倉持さんは、おれが嘘ついてるって思ってるみたいだけどさ、八百長の話は事実なんだ」

「おれは、おたくの言葉を信じるよ」

「そうかい。嬉しいよ。でもさ、そのことは本に書かないほうがいいぜ」

「なぜ？」

「考えてみなよ。アドルフの彼女だった女優が殺されたんだぜ。アドルフだって、もしかしたら、病死じゃなかったのかもしれねえ。下手なことを書いたら、あんたも命を狙われるかもしれねえだろ？」

「そうだな」

「実はさ、おれも正体不明の男に八百長をやれって電話で言われたことがあるんだ」

「その話、詳しく知りたいな」

唐木田は言った。デニスが周《まわ》りをうかがってから、意を決したように言った。

「おれ、日本人の人妻とつき合ってんだよ。電話をかけてきた奴は、なぜだかそのことを知ってたんだ。彼女の旦那はテキ屋の親分なんだよ。謎の男は、トーナメント試合で新人の日本人ファイターに負けてやれって言ったんだ。その日本人選手は二十二、三の坊やなんだぜ。そんな野郎に負けられねえよ」

「そうだね」

「それにさ、謝礼は二百万だって言うんだ。冗談じゃないよ。人妻のほかにもセックス・フレンドは何人かいるから、おれ、断ったんだ」

「それで、相手はあっさり引き退《さ》がったの？」

「ああ。テキ屋の親分が日本刀でも持ってジムに乗り込んでくるんじゃないかと、少しビビってたんだけどさ、何事も起きなかったよ」

「そう」

「おれが喋ったこと、ゼネラル・マネージャーには内緒だぜ」

「わかってるよ」

唐木田は言った。デニスが白い歯を零《こぼ》し、ビルの中に戻っていった。あたりは、いつしか暮色《ぼしょく》の底に沈んでいた。

唐木田はレクサスを少し走らせてから、友人の中居の携帯電話を鳴らした。

中居は、ツーコールで電話口に出た。唐木田は、これまでの経過をつぶさに話した。

すると、中居が急に声を潜《ひそ》めた。

「電話、いったん切らせてくれ」

「会議中か何かだったのか？」

「そうじゃないが、ここじゃ話しづらいんだ。折り返し、こっちから電話するよ」

「オーケー」

唐木田は携帯電話の終了キーを押し、車を路肩《ろかた》に寄せた。

煙草を半分ほど喫《す》ったとき、中居から電話がかかってきた。

「悪い、悪い！」

「電話、誰に聞かれたくなかったんだい？」

「林葉洋子だよ」

「有働里沙のマネージャーをやってた彼女だな？」

「そう。彼女、唐木田のことをあれこれしつこく訊くんだよ。最初は、おまえにひと目惚れしたのかと思ったんだが、どうも様子がおかしいんだ。勘繰《かんぐ》りすぎかもしれないが、どうも林葉は唐木田の動きを知りたがってるようなんだよ」

「考えすぎなんじゃないのか」

唐木田はそう応じたが、何かすっきりしないものを感じはじめていた。里沙の自宅マンションを物色しているとき、洋子は合鍵で部屋に入ってきた。

あのときは、里沙の化粧道具か服を取りに来たのだろうと思った。しかし、何か別の目的で里沙の部屋に入ったとも考えられる。洋子は、誰かが里沙の部屋に忍び込んだかどうか確認しに現われたのかもしれない。

そうだとしたら、洋子は敵の内通者なのか。そうも疑える。正体不明の男は洋子を抱き込み、里沙とアドルフの不倫を知ったのだろうか。

「やっぱり、林葉の様子が気になるな」

「中居、それじゃ、彼女を少し尾行してみてくれ」

「わかった。それからな、もう一つ気になることがあるんだ」

「どんなことなんだい？」

「うちの社長の塚越達朗《つかごしたつろう》がポケットマネーで、林葉が近く購入予定のマンションの頭金の五百万円を用立ててやったという噂を耳にしたんだ」

「社長は、林葉洋子にうっかり手をつけて、頭金をねだられたんじゃないのか？」

「それは考えられないな。塚越社長は五十二だが、重い糖尿病で男性機能に障害があるんだ。それに、林葉のほうはレズビアンじゃないかと職場で囁《ささや》かれてるんだよ」

「それじゃ、不倫の間柄じゃなさそうだな。林葉洋子は何か社長の弱みを押さえて、マンションの頭金を出させたのかもしれない」

「おれも、そんなふうに考えたんだ。とにかく、林葉をマークしてみるよ。意外な事実が浮かび上がってくるかもしれないぞ。何かわかったら、おまえに報告するよ」

中居が電話を切った。

唐木田は終了キーを押して、麻実の携帯電話の短縮番号をプッシュした。

麻実がすぐに電話口に出た。唐木田は経過を伝え、光瀬をマークする気でいることを告げた。

「二人で尾行しようってわけね？」

「そうだ、闘魂修道塾東京本部ビルのある場所はわかるね？」

「ええ、知ってるわ」

「大急ぎで、こっちに来てくれ。赤いフィアットじゃなく、地味な車でな」

「わかってます。いつまでも、わたしを素人扱いする気なの？」

麻実が言った。

「怒ったのか？」

「ううん、ちょっと拗《す》ねただけよ」

「じゃれ合ってる場合じゃないだろうが。早く来い！」

唐木田はやんわりとたしなめ、通話を打ち切った。

4

パワー・ウインドーが軽く叩かれた。

唐木田は車の外を見た。紙袋を胸に抱えた麻実が立っていた。彼女に電話をしてから、およそ四十分後だった。

唐木田は助手席のドア・ロックを解除した。

麻実が助手席に坐り、のっけに言った。

「いまのうちに腹ごしらえしといたほうがいいんじゃない？　ハンバーガーと缶コーヒーを買ってきたの」

「気が利くな」

「いつものことでしょ？」

「図に乗るなって」

唐木田は、麻実の頭をはたく真似をした。

麻実が笑いながら、紙袋の口を開けた。二人はハンバーガーを頬張りはじめた。

「車は何に乗ってきた？」

唐木田は訊いた。

「会社で使ってる黒のクラウンよ」

「それなら、目立たないな。光瀬の顔は知ってるだろ？」

「ええ、テレビで何度か観《み》たことがあるから」

「それじゃ、光瀬が本部ビルから出てきたら、そっちが先に尾《つ》けてくれ」

「光瀬の車は？」

「車種はわからないんだ。ひょっとしたら、車は使わないかもしれないな。そのときも、麻実が先に歩いてくれ」

「それじゃ、あとでクラウンを俊さんの車の前に回すわ。二、三十メートル後ろにクラウンを駐《と》めてあるの」

「そうか」

「俊さん、『ドリーム企画』の箱崎がおとなしく黙ってると思う？」

麻実がそう言い、缶コーヒーを飲んだ。

「箱崎は愛人の小便まで飲まされたんだ、おれとドクの目の前でな。もちろん、そのシーンはデジタルビデオカメラに収録してある。いくら箱崎だって、仕返しする気にはならないだろう」

「そうかな？　わたしは、箱崎が何らかの方法で反撃してくるような気がしてるの。それで、淫らな映像を消す気でいるんじゃないかしら？」

「もし襲ってきたら、逆にぶちのめしてやるさ」

「でも、箱崎は格闘家たちを番犬にしてるんでしょ？　それに、裏社会の連中ともつながってるって話だったわよね？」

「ああ。接近戦になったら、ちょっと危《ヤバ》いな。しかし、ある程度離れてりゃ、アイスピックを使える。いざとなったら、トランクに入れてある手製の洋弓銃《クロスボウ》も使うさ」

「絶対に接近戦は避けるべきよね」

「わかってる」

唐木田はハンバーガーを二つ平らげると、缶コーヒーを胃に流し込んだ。麻実はハンバーガーを一つしか食べなかった。

「麻実の勘が当たったな」

「箱崎が胴元じゃなかったってことね？」

「そう。光瀬は、どうだろう？」

「経営が大変だというから、光瀬が第三者を使って格闘技賭博の胴元をやってる可能性は零《ゼロ》とは言えないでしょうね。ただ、仮に光瀬が胴元だとしたら、際《きわ》どい勝負を打ってることになるわ」

「そうだな。真の胴元が光瀬だとわかったら、『トルネード・コーポレーション』所属のファイターたちは次々に離れてしまうだろう。それどころか、血の気の多い選手たちに光瀬は殺されるかもしれない」

「ええ、考えられるわね。そういうリスクがあることを光瀬は当然、わかってるはずだわ」

「そう考えると、光瀬が格闘技賭博に関与してる可能性は低くなるか」

唐木田は呟き、ラークマイルドに火を点けた。

「ええ、そうなってくるわね」

「光瀬がシロってことになると、いったい誰が胴元なんだ？　おれたちは、いたずらに遠回りしてるだけなんだろうか」

「確かに遠回りしたけど、決して無駄にはならなかったはずよ。アドルフが謎の人物に八百長試合を強《し》いられ、それに応じなかったために殺害されたことがはっきりしたわけだもの」

「それはそうだが……」

「俊さん、落ち込まないで。わたしたちは捜査のプロばかりじゃないんだから、空回りすることだってあるわよ」

「まあな」

「わたしは、光瀬が胴元じゃないとしたら、彼の知人が怪しいと考えてるの。光瀬と親しくしてる人間なら、ファイターたちの私生活を知るチャンスがあるでしょ？」

「そうだな」

「とにかく、光瀬を尾行してみましょうよ。それで、きっと何かが見えてくるわ」

「そいつを期待しよう」

「車を移動させるわ」

麻実は空《から》になった二つの缶を紙袋に入れると、レクサスから出た。それから彼女は自然な足取りで、後方に向かって歩きだした。

唐木田は短くなった煙草の火を消した。

少しすると、麻実のクラウンがレクサスの横を抜けていった。クラウンは、闘魂修道塾東京本部ビルの数十メートル手前に停まった。レクサスから十四、五メートル離れた路上だった。

唐木田は脈絡もなく、服部真弓のことを思い出した。

真弓はパトロンの箱崎に自分の小水を無理に飲ませると、バスルームに駆け込んだ。シャワーを浴びた彼女は身繕いをし、そそくさと身の回りの物を大きなバッグに詰めた。

真弓は憮然《ぶぜん》とした顔で部屋から出ていった。友人宅にでも転がり込んだのか。どこかのホテルに泊まったのだろうか。

どちらにしても、真弓はもう銀座の会員制クラブには近づかないだろう。箱崎は別の愛人を店のママにするのではないか。

パトロンを失った真弓は、今後どう生きていくのか。

唐木田は、いささか気が重くなった。真弓はとばっちりを受け、生き方を変えざるを得なくなってしまったわけだ。

気の毒なことをしたが、成り行きから仕方がなかった。真弓は勁《つよ》い女だ。どこかで逞《たくま》しく生き、新しいパトロンを見つけるだろう。

唐木田は感傷的な気分を棄《す》てた。

そのとき、ホームレス刑事から電話がかかってきた。唐木田は、これまでの経過を手短に話した。

「実は電話したのは、思いがけない形で手がかりを掴めたからなんだ。昨夜《ゆうべ》、渋谷署《うち》で円山町《まるやまちょう》界隈の街娼《がいしょう》狩りをやったんだが、一流企業のＯＬが四人も検挙《アゲ》られたんだよ」

「そういえば、だいぶ前に電力会社のキャリアウーマンが夜は売春をやってて、客か誰かに殺害された事件《ヤマ》があったな」

「ああ。その被害者は超一流の私大を出て、職場でも有能だったらしい。三十三、四で中間管理職になったんだから、立派なもんだ。しかし、仕事だけの人生は味気なかったんだろうな。だが、彼女は恋愛上手じゃなかった。で、心の渇《かわ》きを癒《いや》すために男漁《あさ》りをするようになった。しかし、キャリアウーマンは男たちに肉体を弄《もてあそ》ばれてるだけだと覚《さと》り、ビジネスに徹して春をひさぐようになったんだ」

「そうだったね。その彼女が金に執着したのは、病弱な母親の面倒を見る必要があったからじゃなかったっけ？」

「その通りだよ。しかし、昨夜《ゆうべ》、逮捕《パク》られた四人はブランド品集めに熱中し、格闘技賭博にものめり込んでたらしいんだ」

「インターネットを使った格闘技賭博？」

「ああ。一家で夜逃げした男ほどじゃないが、四人ともだいぶ負けが込んでたようだな。それで追いつめられて、体を売る気になったんだろう」

「ガンさん、胴元は割れたのかい？」

「四人とも素直に取調べに応じてるそうだが、胴元ははっきりしないらしいんだ。胴元が接続業者《プロバイダー》を抱き込んで、巧《たく》みに正体を隠してるにちがいない」

「そうなんだろうな」

「四人の女は揃ってパラサイト・シングルだってさ。親許《おやもと》でのうのうと暮らしてて、揚句は売春で捕《つか》まるなんてな。いまの若い連中は、いったい何を考えてるんだっ」

岩上が腹立たしげに言った。

パラサイト・シングルとは、学校を卒業しても親許を離れようとしない未婚者たちのことだ。その数は一千数百万人と推定されている。フリーターの増加や非婚化が強まっていることから、若年層のパラサイト・シングル率は今後も増えるだろう。

親と同居している二、三十代の未婚者の多くは、自分で稼いだ金をほぼ全額自由に遣《つか》っている。三万円程度の食費を親に渡している者もいるようだが、あくまでも少数派だ。

ほとんどのパラサイト・シングルは炊事、洗濯、掃除など家事の一切《いっさい》を母親に任せている。中には、親に車の維持費や携帯電話の使用料を払わせている者もいるようだ。

また、親に依存している未婚者の転職率は高い。上司と喧嘩した勢いで会社を辞めても、当座の暮らしには困らないからだろう。

「親の家にいつまでもいるのは、生活のレベルを下げたくないからなんだろうな。昔の親たちは、子供が社会人になったら、いずれ自立するものと考えてた。しかし、いまの親たちは物分かりがいいから、子供のやることにいちいち干渉しなくなってる」

　唐木田は言った。

「親分の言う通りだね。だから、子供たちは親許にいたほうが居心地がいいし、何かと便利なわけだ。自立したら、マンションの家賃や駐車場代まで払わなきゃならない。そうなったら、ブランド品も身につけられなくなるし、携帯電話で長話もできなくなるよな？」

「そうだね」

「親許を離れたがらない連中は、たいてい結婚にも消極的だ。豊かな生活ができなくなるからな。だからって、三十代や四十代の未婚者が自立しようとしないのは甘えが過ぎる。大企業にもそういう男女が大勢いるという話だから、晩婚化の傾向はもっと強まりそうだな」

「だろうね」

「経済的にも精神的にも自立心のない未婚者がこれ以上増えたら、この国の経済は活性化しないな。当分、不況から脱出できないいんじゃないのか？」

「パラサイト・シングルたちは割に消費はしてると思うんだ。ただ、消費対象は被服、装飾品、レジャー、車、飲食なんかに偏《かたよ》ってるがね」

「そうだな。住宅なんて大きな消費は極端に少ない。非婚化や晩婚化がさらに進めば、産婦人科医院や子供服メーカーなんかも潰れるかもしれないぜ」

「そうだね。しかし、おれ個人は結婚したがらない男女が多くなっても、別段、悪いことじゃないと思ってる。年齢や世間体を気にして、一応、結婚するかなんて考え方はおかしいからね」

「その点については、おれも親分と同意見だよ。しかし、いくら人間の寿命が延びたからって、中年に差しかかってる未婚者がいつまでも親に甘えるのは問題だぜ」

「そうだね」

「なんか話が脱線しちまったな。売春容疑で検挙《アゲ》られた四人のOLのことをもう少し探ってみるよ」

電話が切られた。

唐木田は格闘技賭博の客にOLがいたことに少しばかり驚かされた。裏組織は想像以上に巨大なのかもしれない。光瀬と親交のある関西の最大暴力団が格闘技賭博を仕切っているのだろうか。

闘魂修道塾東京本部ビルの敷地から白っぽいシーマが走り出てきたのは、九時過ぎだった。

麻実のクラウンが動きはじめた。唐木田も尾行を開始した。

シーマには、ひとりしか乗っていなかった。顔は確認できなかったが、運転しているのは光瀬自身にちがいない。

シーマは高田馬場駅付近で、早稲田通りに入った。その数台後ろを麻実の車が走っている。唐木田のレクサスは、クラウンの三台後方に位置していた。

シーマは飯田橋方面に向かっている。

明治通りを横切ったとき、ふと唐木田は後続の黒いワンボックス・カーが気になった。光瀬の会社の近くで見かけた車だったからだ。

箱崎が仕返しする気になったのか。あるいは、光瀬が張り込みに気づいたのだろうか。

不審なワンボックス・カーは、ぴたりとついてくる。どうにも気分が落ち着かない。

唐木田は懐から携帯電話を取り出し、麻実の携帯電話の短縮番号を手早く押した。

コールサインが鳴る前に、麻実が電話口に出た。

「はい……」

「おれだ。妙なワンボックス・カーが追尾してる」

「えっ」

「そっちはシーマを見失わないようにしてくれ」

「あなたはどうするの？」

「ワンボックス・カーをどこかに誘い込んで、尾行者の正体を突きとめる」

「相手はひとり？」

「助手席にも人影があったから、最低二人はいるな」

「ガンさんに応援を要請したほうがいいんじゃない？」

「現職刑事をあまり巻き込みたくないんだ」

「それはわかるけど、なんか心配だわ」

「これまで何度も危険な目に遭《あ》ってきたが、いつもうまく切り抜けられた。大丈夫だよ、今度も。それより、光瀬の尾行を頼んだぞ」

唐木田は通話を打ち切り、次の交差点を右折した。

怪しいワンボックス・カーも交差点を曲がった。唐木田は弁天町の裏通りを抜け、外苑《がいえん》東通りに出た。信濃町方面に進む。

ワンボックス・カーは猛然と追ってきた。

何か仕掛けてくるのか。不審な車はレクサスと並ぶと、悪質な幅寄せをしてきた。

唐木田は路肩ぎりぎりまで幾度も追い込まれた。タイヤが縁石を擦《こす》るたびに、ひやりとさせられた。

ワンボックス・カーのスライディング・ドアが十センチほど開けられた。次の瞬間、筒状の物が見えた。サイレンサーだろう。

唐木田は上体を屈《かが》め、アクセルを踏みつけた。

ワンボックス・カーを抜き去り、距離を稼いだ。すぐに割り込むチャンスが巡ってきた。強引な追い越しをかけた。少しして、今度はレクサスを左車線いっぱいに寄せた。

不審な車は、二台のセダンを挟んで三台目の後方を走行している。もう幅寄せはできないだろう。

直進し、首都高速四号線の下を通過した。神宮外苑を回り込み、神宮球場の裏手に出た。

唐木田は暗がりにレクサスを停め、素早くライトを消した。エンジンも切り、車を降りて樹木の陰に入る。

ワンボックス・カーが急停止した。三十メートルあまり先だった。

スポーツキャップを被った例の刺客が現われるのか。

唐木田は腰のホルスターから、アイスピックを三本まとめて引き抜いた。二本を左手に移し、息を殺す。

ワンボックス・カーから、三人の男が降り立った。ひとりは中背で、もう二人は大柄だ。

唐木田は目を凝《こ》らした。

中背の男は、『ドリーム企画』の山本弘だった。サイレンサー付きの自動拳銃をベルトの下に差し込んでいる。

山本の後ろにいる二人は、室戸剛とケネス・ドマニクだった。オランダ人のムエタイ選手は、くるくるに剃り上げた頭に毛糸のワッチ帽を載せていた。色はワインカラーだった。

「映像のデータをおとなしく渡せば、あんたの命は奪わない。うちの社長をこれ以上怒らせないほうがいいぞ」

山本が大声で言いながら、近づいてきた。

唐木田は返事をしなかった。山本が室戸とケネス・ドマニクに合図を送った。巨身の格闘家たちが顔を見合わせ、相前後して地を蹴った。二人は、まっしぐらに駆けてきた。

唐木田は、二人を充分に引き寄せてから、アイスピックを室戸へ投げつけた。アイスピックは総合格闘技のエースの太い首に突き刺さった。

室戸が動物じみた声を放ち、大きくよろけた。アイスピックを抜くと、彼はへなへなと坐り込んでしまった。

「大丈夫か？」

ケネスが屈《かが》み込んで、室戸に声をかけた。

室戸が何かケネスに言った。オランダ人の格闘家はうなずき、すっくと立ち上がった。ワッチ帽を足許に叩きつけると、ケネスは怒り狂った羆《ひぐま》のような恰好《かっこう》で挑みかかってきた。

唐木田は二本目のアイスピックを放った。

アイスピックは、ケネスの左目に突き刺さった。ケネスは棒のように倒れ、転げ回りはじめた。

「ふざけたことをしやがって」

山本がサイレンサー付きの自動拳銃を両手で保持し、乱射しはじめた。

発射音は子供の咳《せき》よりも小さかった。唐木田は身を伏せた。放たれた銃弾は、どれも大きく的を逸《そ》れていた。

たちまち弾《たま》切《ぎ》れになった。

山本が焦り、身を翻《ひるがえ》した。室戸とケネスは立ち上がる様子がない。

「仲間を置き去りにするのかっ」

唐木田は起き上がり、残りのアイスピックを山本に投げつけた。アイスピックは矢のように飛び、山本の背中に深々と埋まった。

山本は前のめりに倒れた。

サイレンサー付きの自動拳銃が落下し、路面を数メートル転がった。

唐木田は山本に走り寄り、脇腹を蹴った。山本が体をくの字に曲げた。

「箱崎に言っとけ！　淫らな映像を一般公開されたくなかったら、おれたちのことは忘れろってな」

唐木田は言い捨て、レクサスに駆け寄った。すぐさま車を出し、球場を半周して外苑東通りに出た。

それから間もなく、麻実から電話がかかってきた。

「俊さん、怪我はしてない？」

「ああ、無傷だよ。ワンボックス・カーに乗ってたのは、『ドリーム企画』の山本って社員と二人の格闘家だった。三人に一本ずつアイスピックを見舞ってやったんだ。これで、箱崎も仕返しする気はなくなるだろう」

「とにかく、無事でよかったわ」

「光瀬はどうした？」

唐木田はたずねた。

「いま、飯田橋のスポーツクラブにいるわ」

「スポーツクラブ？」

「そう。三十七、八の男とスカッシュをやりながら、何か話し込んでる」

「そいつはヤー公っぽい男か？」

「ううん、少壮実業家って感じね」

「スポーツクラブのある場所を詳しく教えてくれ。すぐに飯田橋に向かう」

唐木田は言って、耳を澄ました。

第四章　葬られた証人

1

足を止める。

スカッシュコートの前だ。スポーツクラブの地下一階である。

唐木田は変装用の黒縁眼鏡《くろぶちめがね》をかけ、透明な強化プラスチック越しにコートの中を覗《のぞ》き込んだ。

光瀬と実業家風の男が白い壁面にスカッシュボールを交互に打っている。ともに背中を見せていた。ラケットは小振りだった。テニスラケットより、だいぶ小さい。

スカッシュに興じている二人は、白いTシャツと同色のショートパンツを身につけていた。

唐木田は、コートルームのドアに掲《かか》げられた番号を頭に刻みつけ、ゆっくりと踵《きびす》を返した。

エレベーター・ホールに麻実がたたずんでいる。立ち止まると、彼女が低く問いかけてきた。

「三十七、八の男、何者だと思う？」

「ヤー公じゃないことは確かだな。ネットビジネスか何かで、小金《こがね》を摑《つか》んだ奴《やつ》かもしれない。左手首には、オーデマ・ピゲが光ってた。数百万円はする腕時計だよ」

「ええ、そうね」

「光瀬は、三十七、八の男に気を遣《つか》ってるような感じだったな」

「事業の運転資金でも借りる気でいるのかしら？」

「クロークで、三十七、八の男のことを調べてみる。そっちは先に車に戻っててくれ」

唐木田は言って、エレベーターのボタンを押した。

ほどなくエレベーターの扉が左右に割れた。麻実が函《ケージ》の中に消えた。

唐木田は階段を使って、一階ロビーに上がった。

クロークには、三十歳前後の男がいた。唐木田はクロークに歩み寄り、模造警察手帳を短く呈示《ていじ》した。

「警視庁捜査一課の者です」

「は、はい」

相手が緊張した顔つきになった。

「地下の三番コートでスカッシュをやってる三十代後半の男は、このスポーツクラブの会員ですね？」

「そうです」

「彼の名は？」

「四方比呂志《よもひろし》さまです」

「職業は？」

唐木田は矢継《やつ》ぎ早《ばや》に訊《き》いた。

「会社経営者です。四方さまは『ブレーンバンク』という人材派遣会社を経営されているんです。オフィスは、北青山一丁目にあるとうかがっています」

「自宅は？」

「あのう、四方さまが何か犯罪に関わっているのでしょうか？」

「ある殺人事件に関与してる疑いがあるんです」

「信じられません。あの方は、とても穏《おだ》やかな方ですからね。えーと、四方さまのご自宅は世田谷区の成城五丁目だったと思います」

「そう。いま一緒にスカッシュをやってる男は、ご存じでしょ？」

「ええ。闘魂修道塾の光瀬塾長さんですよね？」

「そうです。光瀬も会員なのかな？」

「いいえ、あの方はビジターです。四方さまとご一緒に月に三、四回、スカッシュをされています」

「四方のビジターは、光瀬だけなのかな？」

「いいえ、トルネードの選手の方たちがよくプールを利用なさっています」

従業員が誇らしげに有名ファイターたちの名を挙げた。その中には、殺されたアドルフ・シュミットの名前も交じっていた。

「四方はトルネード関係者とだいぶ親しいようだな」

「そうですね。四方さまは、熱烈な格闘技ファンなんですよ。特にトルネードの選手がお気に入りみたいですね。選手たちに食事を奢《おご》ったり、高級クラブに連れていったりしているようです」

「タニマチ気取りなんだろうな」

「そうなのかもしれません」

「四方は、ここに車で通ってるんでしょ？」

「はい。メタリックシルバーのフェラーリにお乗りになっています」

「稼いでるんだな」

「そうみたいですね。四方さまが『ブレーンバンク』を興《おこ》されたのは六年前なのですが、年商は年ごとに飛躍的に伸びて、いまや中堅商社並の年商を上げているようですよ」

「人材派遣ビジネスで、そんなに儲《もう》かるものなのかな」

「四方さまは選《え》りすぐりの役員秘書や有能なコンピューター技術者を一流企業ばかりに派遣しているらしいんです。得意先には喜ばれているようですから、高い紹介料をいただけるんでしょう」

「それにしても、中堅商社並の年商を上げてるという話は信じがたいな。四方は何か危《ヤバ》いことをしているのかもしれない」

「刑事さん、生意気を言うようですが、四方さまは決して後ろ暗いことをされるような方ではありません。何か疑われているようですが、それはきっと間違いだと思います」

「ずいぶん四方の肩を持つんだな」

「別にそういうわけではないんですが、あの方が何か事件に関与しているとはとても思えないんです」

「悪人ほど善人ぶってるもんですよ」

「しかし……」

「わたしのことは、四方にも光瀬にも黙っててほしいんだ。いいですね？」

「わかりました」

「ご協力、ありがとう」

唐木田はクロークに背を向け、足早に外に出た。

駐車場に急ぎ、麻実の車の助手席に乗り込んだ。四方の正体を話し、煙草をくわえた。

「人材派遣会社でそんなに儲けてるのかな、ほんとに。四方って男は、何かダーティー・ビジネスをやってそうね」

「おれも、そう直感したんだ。ガンさんに四方のことを探《さぐ》ってもらおう」

「そうね。四方比呂志はトルネードの選手たちのタニマチだって話だったけど、そういう立場なら、その気になれば、格闘技賭博《とばく》の胴元になれるんじゃない？」

「そうだな。光瀬が四方を唆《そそのか》して、選手たちに八百長の話を持ちかけさせてるのかもしれない」

「俊さんは、まだ光瀬を疑ってるのね」

「光瀬のとこは火の車だって話だった。闘魂修道塾と『トルネード・コーポレーション』を維持するには、どこかで金を工面《くめん》しなきゃならない。だから、奴が四方をダミーにして、格闘技賭博をやる気になったのではないかと……」

「確かに、そうも考えられるわね。仮に俊さんの推測通りだったとしても、光瀬はアドルフ・シュミットを誰かに始末させる気になるかしら？　アドルフは、トルネードの看板ファイターだったわけでしょ？」

「光瀬はアドルフに胴元をやってることを覚《さと》られたのかもしれない。アドルフは尊敬してた光瀬に裏切られて、選手仲間たちに集団脱会しようと呼びかけたんじゃないだろうか。客を呼べるファイターたちがごっそり脱《ぬ》けたら、光瀬の事業はたちまち傾くことになる。で、やむなく光瀬はアドルフを誰かに殺《や》らせた。そして、ついでに有働里沙を片づけさせ、もしかしたら、仲ドクターも……」

「うーん、わからなくなってきたわ」

麻実が唸《うな》るように言った。

「おれの推測が正しいかどうかはともかく、光瀬と四方をマークしつづけよう。多分、二人は別々に出てくるだろう。そっちは光瀬を尾行してくれ。おれは四方を尾《つ》ける」

「了解！」

「お互いに連絡を密《みつ》に取り合おう」

唐木田は喫《す》いさしの煙草を灰皿に突っ込み、クラウンを降りた。夜気は尖《とが》っていた。

首を縮めて、自分の車に乗り込む。唐木田は暖房を強めてから、岩上に電話をした。

「ガンさん、ちょっと調べてもらいたい奴がいるんだ」

「何か手がかりを摑んだな」

岩上の声は弾んでいた。唐木田は、四方比呂志のことを詳しく喋《しゃべ》った。

「明日、さっそく四方のことを洗ってみるよ。もちろん、『ブレーンバンク』のことも調べてみる」

「ガンさん、四方の前科の有無もチェックしてほしいんだ」

「そいつは真っ先にやるよ。親分、せっかく女社長と一緒なのに、対象者《マルタイ》が二人じゃ別々に尾行することになっちまうね」

「四方にしても光瀬にしても、夜通し動き回ることはないはずだ」

「そりゃ、そうだ。人間は眠らなきゃ、生きていけないからな。尾行を切り上げたら、二人で存分に睦《むつ》み合いなよ」

「そうするか」

「親分、愛《いと》しいと思ってる人間は大事にしたほうがいいぜ。おれみたいに労《いたわ》りの気持ちを忘れると、自然に周囲の人間が消えちゃうからな」

岩上がしんみりと言った。

「ガンさん、ちゃんと居《きよ》を構えて、再婚しなよ。カプセルホテル暮らしじゃ、孤独感も深まるだろうし、体も壊すぜ」

「いまの暮らしは割に性《しよう》に合ってるんだ。時たま家庭の温《ぬく》もりが恋しくなったりするが、気ままな生活は最高だよ。それにさ、客たちの数奇《すうき》な人生にも触れられて、けっこう勉強になるんだ。好景気のときに羽振りのよかった不動産屋がテレクラのチラシを配ってたり、元ボクサーがオカマをやってたりさ」

「確かに、いろんな人生模様は見られるんだろうな」

「ちょっと焼酎《しょうちゅう》を飲み過ぎたようだ。こんな話をするなんて、おれらしくないやな。親分、もう寝るよ」

「お寝《やす》み！」

唐木田は携帯電話の終了キーを押した。

スポーツクラブから光瀬が現われたのは、十時過ぎだった。

麻実が光瀬の車を尾行しはじめた。

それから三十分ほど過ぎたとき、四方が姿を見せた。フェラーリに乗り込み、すぐに発進させた。

唐木田は充分な車間距離を保ちながら、高級なイタリア車を追った。

数百メートル進んだとき、麻実から連絡が入った。

「いま、光瀬は新宿西口の京陽プラザホテルで関西弁の男たち二人と会ってるわ。ひと目で極道とわかる男たちよ」

「おそらく神戸の最大組織の組員たちだろう。光瀬たち三人は、ロビーのソファに坐ってるのか？」

「ええ、そうよ。でも、もう少し経《た》ったら、ラウンジバーかホテルの部屋に移るんじゃないかしら？」

「部屋の中に入られる前に、三人の会話に聞き耳を立ててくれ。四方も少し前に動きだしたとこなんだ」

「そう」

「麻実、携帯をマナーモードに切り替えといてくれ」

「このホテルに入る前にマナーモードにしといたの。あっ、光瀬たち三人がソファから立ち上がって、エレベーター乗り場に向かったわ」

「それじゃ、いったん切ろう」

唐木田は携帯電話の終了キーを押し、運転に専念した。

フェラーリは数十分走り、六本木五丁目にある雑居ビルの近くの裏通りに停まった。

唐木田はフェラーリの後方にレクサスを停止させた。

四方が車を降り、表通りに向かった。唐木田も外に出て、四方のあとを急ぎ足で追った。

『ブレーンバンク』の社長は、表通りに面した飲食店ビルの中に消えた。

相手には、まだ顔を知られていない。唐木田は足を速め、四方と同じエレベーターに乗り込んだ。すぐに四方に背を向ける。

函《ケージ》に乗り込んだのは二人だけだった。四方が三階のボタンを押した。

唐木田は腕を伸ばし、七階のボタンに触れた。

四方が三階で降りた。

唐木田は閉まりかけた扉を両手で押さえ、エレベーター・ホールに出た。ちょうど四方が一軒のクラブに入るところだった。洒落《しゃれ》た店構えで、『クレスト』という小さな軒灯が見えた。

唐木田はエレベーター・ホールで十分ほど時間を遣り過ごし、『クレスト』に入った。

黒服の若い男がにこやかに近づいてきた。

「この店は会員制なのかな？」

「いいえ、違います」

「それじゃ、軽く飲ませてもらおうか」

「どうぞ、どうぞ！　お客さん、最初に申し上げておきますが、うちのホステスはすべて白人女性なんです。日本人ホステスは、ひとりもいないんですよ。それでも、よろしいですか？」

「ホステスさんたちは、日本語もできるんだろ？」

「きょう店に出てる七人は、日常会話はできます」

「日本語の上手なホステスさんを席につけてよ」

唐木田は言って、店の奥に進んだ。

ボックス席は五つあったが、二組しか客はいなかった。四方は最も奥まった席で、五十年配の男と飲んでいた。その席には、四人のホステスが侍《はべ》っている。

二人は金髪で、ほかは栗毛《くりげ》だ。いずれも美しかった。六本木には白人ホステスばかりを揃《そろ》えた酒場が二十七、八軒ある。どこも繁昌《はんじょう》しているようだ。

中ほどの席には、商社マンらしい初老の男たちが三人いた。ホステスも三人だった。

唐木田は出入口に近い席に坐らされた。

黒服の若い男がカーペットに片膝《かたひざ》をついて、システムの説明をしはじめた。ホステスの指名料やテーブルチャージは、それほど高くなかった。

唐木田はシングルモルト・ウイスキーの水割りをオーダーし、黒服の男に低い声で言った。

「奥のテーブルについてる四人のうちで最も日本語が達者なホステスさんを呼んでよ」

「それでしたら、カトリーヌさんですね」

「フランス人だな？」

「国籍はカナダです。しかし、両親はフランス系だそうですよ。いま、彼女を呼んできますので……」

黒服の男は静かに立ち上がり、四方たちの席に向かった。

唐木田は煙草に火を点《つ》け、さりげなく店内を眺めた。バーテンダーは五十近い年齢だった。黒服の男は、ほかに二人いた。カウンターの横に立っている四十歳前後の背広姿の男が、どうやら店長らしい。

担当の黒服がマロン・ブラウンの髪の女を伴って、唐木田の席に戻ってきた。

「こちらがカトリーヌさんです」

「カトリーヌです。初めまして！」

「日本語が上手だね。どこで習ったの？」

「カナダの大学で日本語を勉強したんです。でも、敬語の使い方がとっても難しくて……」

「それだけ喋れるんだから、立派だよ。ま、坐って」

唐木田はシートに手を置いた。

カトリーヌが一礼し、かたわらに腰かけた。紫色のミニドレスから零《こぼ》れた腿《もも》が眩《まぶゆ》い。

唐木田はカトリーヌのためにカクテルを取ってやり、短くなった煙草の火を消した。

黒服の若い男が遠ざかると、カトリーヌが問いかけてきた。

「お客さまは、このお店初めてですよね？」

「ああ。美しいフランス系のカナダ人がいると聞いたんで、ちょっと覗いてみたんだ」

「それ、わたしのことですか？」

「もちろん、そうだよ。きみは噂《うわさ》通りの美人だね。美しいだけじゃない。頭もよさそうだ。人柄のよさもうかがえる」

「よいしょしすぎね。でも、ありがとう。あなたのお名前を教えて」

「中村、中村一郎っていうんだ」

唐木田は、ありふれた姓名を騙《かた》った。

「サラリーマンじゃないんでしょ？」

「実は、やくざなんだ。背中の刺青《いれずみ》、見せようか？　それとも、真珠を埋め込んだ男性自身を見せたほうがいいかな」

「面白い方ね。わたし、ユーモアのある男性って、大好き！」

「それじゃ、今夜、結婚しよう。そして、朝まで子づくりに励もうよ」

「ほんとに愉快な方ね」

カトリーヌが笑い転げた。

そのすぐあと、スコッチの水割りとカクテルが運ばれてきた。カクテルは、トム・コリンズだった。

唐木田はカトリーヌと冗談を言いながら、水割りを三杯空《あ》けた。四杯目が運ばれてきたとき、彼はさりげなく訊いた。

「奥のテーブルにいる客たち、なんか羽振りがよさそうだな」

「二人とも社長さんなの。右側にいる方は人材派遣会社をやってて、もうひとりは芸能プロの経営者よ」

「芸能プロって、どこなんだい？」

「『ワールド・エンタープライズ』よ。ほら、こないだ死んだ有働里沙って女優が所属してたプロダクションなんだけど、知ってますよね？」

カトリーヌが言った。唐木田は内心の驚きを隠し、社名には聞き覚えがあるとだけ答えた。

なぜ、『ワールド・エンタープライズ』の塚越社長が四方と親しげに飲んでいるのか。二人の接点は何なのか。

「どっちも常連客なの？」

「ええ、そうね。四方さん、人材派遣会社の社長さんのお名前なんだけど、彼は二年以上も前から『クレスト』に来てくれてるの」

「そう」

「芸能プロの社長の塚越さんも一年半ぐらい前から四方さんとちょくちょく来るようになったんじゃないのかしら？」

「きみは、いつからこの店で働いてるんだい？」

「オープン当初からだから、かれこれ三年になるかな」

「えっ、十五のときから働いてたの⁉」

「お客さんったら。わたし、もうじき二十五になるんですよ。日本の女性みたいに若く見られても、ちっとも嬉《うれ》しくないわ」

「ごめん、ごめん。文化の違いを忘れて、ついつまらないジョークを飛ばしちゃったんだ」

「本気で怒ったわけじゃないから、気にしないでください」

「よかった。ところで、話を戻すけど、人材派遣会社の社長と芸能プロ経営者が仕事でつき合いがあるとは思えないんだがな。年齢差もあるのに、よく友達同士みたいに飲めるもんだなあ」

「あのお二人、ゴルフやフィッシングも一緒にやってるみたいですよ。お店で、よくそういう話をしてるの」

「ふうん。同じサークルか何かに入ってるのかな？」

「さあ、そのあたりのことはちょっと……」

カトリーヌが言葉を濁し、二杯目のカクテルに口をつけた。

唐木田は四杯目の水割りを飲み干すと、黒服の男にチェックを頼んだ。

勘定は、それほど高くなかった。カトリーヌに見送られ、飲食店ビルを出る。

「また、そのうちね」

唐木田はカトリーヌに軽く手を振って、裏通りに向かった。

レクサスの運転席に入ってから、麻実に電話をかけた。

「光瀬たち三人は?」

「ラウンジバーにいるわ。わたし、近くにいるの。ちょっと待ってて。少し離れた場所に移動するから」

麻実の声が途切れた。唐木田は携帯電話を耳に当てたまま、少し待った。

「ごめんなさい。もう大丈夫よ。光瀬と会ってる二人組は、やっぱり神戸の最大組織の人間だったわ」

「三人は、どんな話をしてた?」

「トルネードの関西巡業の地回り対策を光瀬は二人の極道に頼み込んでたわ」

「ほかには、どんなことを話してた?」

「女の話をしてただけね。そっちに何か動きは?」

麻実が問いかけてきた。

唐木田は四方が『クレスト』で意外な人物と会っていたことを語りはじめた。

2

瞼《まぶた》が重い。

唐木田は目を擦《こす》った。明らかに寝不足だった。

中居の勤務先の近くにある和風喫茶だ。午後二時過ぎだった。

前夜、唐木田は麻実に張り込みを打ち切らせたあと、四方と塚越が『クレスト』から出てくるのを待ちつづけた。

二人が姿を見せたのは、午後十一時五十分ごろだった。金髪のホステスを二人伴っていた。

四人は近くのサパークラブに入り、午前二時過ぎまで店にいた。二人のホステスと塚越は、サパークラブの前でタクシーに乗った。

唐木田は、四方のフェラーリを尾けた。四方は、まっすぐ成城五丁目にある自宅に戻った。豪邸だった。

唐木田は四谷の自宅マンションに帰った。すると、部屋に麻実がいた。二人は、いつものように肌を重ねた。

眠りについたのは、明け方だった。

唐木田は午前九時半過ぎに目を覚ました。すでに麻実はいなかった。ダイニング・テーブルの上には簡単な朝食が用意され、麻実の走り書きが置いてあった。きょうは、どうしても現場に出なければならない仕事があると記《しる》されていた。

唐木田は朝食を摂《と》ると、友人の中居に電話をかけた。そして、この店で落ち合うことになったのだ。

コーヒーカップが空になったとき、中居が慌《あわ》ただしく店に駆け込んできた。唐木田と向かい合うと、彼は神経質に店内を見回した。

「会社の同僚がいるようだったら、別の店に移ろう」

唐木田は低く言った。

「いや、大丈夫だ。会社の人間は、ひとりもいないよ」

「そうか」

「うちの社長が六本木で一緒に飲んでたという四方比呂志のことを知ってる同僚は誰もいなかったよ。それから、うちの会社に『ブレーンバンク』から派遣された社員はまったくいなかったぜ」

中居は言いながら、わずかに上体を反《そ》らした。ウェイトレスがオーダーを受けに来たからだ。

中居は少し迷ってから、昆布茶セットを注文した。唐木田は煙草に火を点けた。

「うちの塚越が白人ホステスばかりのクラブで四方という男とちょくちょく会ってるという話だったから、二人はかなり親しいことは間違いないな」

「ああ、そいつは確かだろう。中居、二人は何らかの利害で繋がってるような気がするんだが、何か思い当たらないか?」

「四方は、うちのプロダクションのタレントを『ブレーンバンク』のイメージ・キャラクターに起用する気だったんじゃないだろうか」

「広告代理店任せにしないで、四方自身が塚越社長にイメージ・キャラクターのことで相談したってことか？」

「もしかしたらね」

「『ワールド・エンタープライズ』の所属タレントを起用するって話は社内であったのか？」

「いや、そういう話はなかったよ。ギャラの問題で話がまとまらなかったんじゃないかな。しかし、うちの社長と四方は馬が合ったのか、その後も個人的なつき合いをしてた。そういうことなんじゃないか？」

「しかし、年齢差があるぜ。いくら波長が合ったとしても、そう頻繁《ひんぱん》に会ったりするもんかね」

「そう言われると、確かにな」

中居が顎《あご》に手を当てた。

ちょうどそのとき、昆布茶セットが届けられた。唐木田は煙草の火を揉《も》み消した。ほどなく店の者が下がった。と、中居が口を開いた。

「四方のことは、それ以上調べられそうもないな」

「わかった。あとは、おれが調べるよ。それはそうと、林葉洋子のほうはどうなった？」

「それが、失敗《ドジ》踏んじゃったんだよ。きのうの夕方、林葉を尾行したんだが、すぐにバレちゃったんだ。それで彼女のアパートの前で張り込んでみたんだが、それも……」

「見抜かれちまったのか?」

「申し訳ない」

「ま、仕方ないさ。おまえは刑事でも探偵でもないんだから」

「そう言ってもらえると、少しは気持ちが軽くなるよ。それはともかく、林葉が塚越社長の弱みを何か握ってることは間違いないね。同僚たちにもそれとなく訊いてみたんだが、社長は林葉に対して何となく遠慮がちな物言《ものい》いをしてるって口を揃えてた。おれ自身も、そう感じてたんだ」

「ああ、そういう話だったな。それから、塚越が個人的に林葉洋子のマンションの頭金を出してやったという噂があるとも言ってた。その話の裏付けは?」

「残念ながら、確かな証拠は押さえられなかったんだ。しかし、林葉が社長の弱みを何か握ってることは間違いないな。その弱みが何なのかは、まだわからないがね」

「塚越は重い糖尿病で、セックスはできない体だと言ってたよな?」

「ああ。女性絡《がら》みのスキャンダルじゃないいね」

「ギャンブルは、どうなんだい?」

「社長は賭け事には興味がないはずだよ」

「会社の経営状態は、どうなんだい？」

唐木田は訊いた。

「おかげさまで、黒字だよ。有働里沙がだいぶ稼いでくれたからな。これからは売上がダウンするだろうが、屋台骨《やたいぼね》がぐらつくようなことはないと思うよ」

「家庭生活はうまくいってるんだろうか」

「特に問題はないはずだ」

中居が昆布茶を啜《すす》った。

「塚越社長の言動で気になることは？」

「うちの社長は考え方が割に保守的で、三十代の独身社員に早く結婚しろとうるさく言ってるんだ。男は所帯を持って、初めて一人前と見なされる。女性は子育てに人生の喜びを感じるべきだとも言ってたな」

「五十過ぎの男たちは、よく若い連中にそう言ってる。それじゃ、塚越は非婚化や晩婚化の風潮を苦々しく思ってるんだろうな？」

「パラサイト・シングルたちが増えてることをしょっちゅう嘆いてるよ。二十代や三十代の若い世代が自立心を持たなきゃ、高齢化社会を支えられなくなって、しまいには日本は経済後進国に成り下がってしまうと真顔で憂慮してる」

「中高年者たちが言いそうなことだな」

「ああ。社長の話は極論だが、親の家に寄生する未婚者ばかりになったら、この国の経済は確実にパワーダウンするだろうな。ただでさえ国家財政は厳しいわけだから、いつまでも不況から脱出できないんじゃないか。アベノミクスが景気回復の呼び水になると言い切ってるエコノミストたちもいるが、その通りになるかどうか……」

「その見方は、ちょっと楽観的だと思うな。それはともかく、塚越は結婚したがらない男女が増えたことに苛立《いらだ》ちと焦《あせ》りを感じはじめてるんだ？」

「そうなんだ。社長は独身社員たちに合コンに出ろとか、男女交際サークルや結婚情報会社の登録会員になれって熱心に勧めてるよ。そういえば、社長が林葉に男女交際サークルのパンフレットを渡してるのをだいぶ前に見たことがあるな」

「林葉洋子は、どんな反応を示したんだい？」

「男よりも仕事を選びたいとか言って、ろくにパンフレットも見なかったな。社長は、林葉にレズっ気があることを知ってたはずなんだがね。あれは、同性愛なんかに溺《おぼ》れないで、早くまともな結婚をしろってことだったのかもしれない」

「洋子がパンフレットを渡されたとき、周《まわ》りに同僚たちは？」

「何人もいたよ」

「林葉洋子は同僚たちの前でプライドを傷つけられて、社長の弱みを握る気になったんじゃないのかな」

「復讐心《ふくしゅう》から？」

「ああ、おそらくね。その男女交際サークルの名称、憶《おぼ》えてるかい？」

「マーメイド、いや、マリアージュだったかな。そんな名称だったな。遠目《とおめ》でパンフレットを見ただけなんで、ちゃんと横文字を読む時間がなかったんだ」

「そうか」

唐木田はコップを摑み上げ、水で喉《のど》を潤《うるお》した。

「おれ、社長の私生活を少し探《さぐ》ってみようか？」

「中居は、もう動かないほうがいいな」

「林葉にあっさり尾行を覚《さと》られるようじゃ、頼りにならないか？」

「そういうことよりも、もし塚越が一連の事件に関与してたら、おまえが命を狙《ねら》われるかもしれないからな」

「唐木田、それは考え過ぎだろうが。うちの社長がアドルフ・シュミットや有働里沙を亡き者にしても、なんのメリットもないんだぜ」

「商売上はな。しかし、塚越が格闘技賭博組織と結びついてたとしたら、アドルフや里沙を葬《ほうむ》る必要があったのかもしれないじゃないか」

「うちの社長が賭博組織と繋がってるなんて、まず考えられないよ。さっきも言ったが、塚越はギャンブルの類《たぐい》には興味がないんだぜ」

「自分の趣味は抜きにして、塚越は何かのために賭博組織に手を貸す必要があったのかもしれないぜ」

「そうなんだろうか」

「林葉洋子と塚越のことは、おれが調べてみる」

「唐木田だけに任せるわけにはいかないよ」

中居が言った。

「おまえの気持ちはわかるが、下手《へた》に動かれると……」

「かえって、まずい結果になりかねない？」

「まあな。だから、中居はもう何もしないでくれ。先に店を出るぞ」

唐木田は卓上の伝票を抓《つま》み上げ、レジに向かった。

支払いを済ませ、裏通りに駐《と》めてあるレクサスに乗り込む。唐木田は車のエンジンを始動させてから、浅沼の携帯電話を鳴らした。

「ドク、きょうは手術《オペ》の予約が入ってるのか？」

「いいえ、その予定はありません。また、おれの出番が回ってきたんですね？」

「そうだ」

「今度も水商売関係の女ですか？」

浅沼が問いかけてきた。

唐木田は昨夜のことを話し、林葉洋子についても詳しく喋った。

「レズっ気のある女か。ちょっと骨が折れそうだな」

「そこをうまくやってほしいんだ。何か作戦を考えながら、できるだけ早く六本木に来てくれ」

「『ワールド・エンタープライズ』は、どのあたりにあるんです？」

浅沼が訊いた。唐木田は芸能プロのある場所を正確に教えた。

「二、三十分で、そっちに行きます」

「おれがいなくても、女マネージャーを見つけ出せるな」

「ええ、大丈夫です」

「それじゃ、おれは四方比呂志に張《は》りつくことにするよ」

「了解！」

浅沼が先に電話を切った。

唐木田はアリストを北青山一丁目に向けた。

『ブレーンバンク』は秩父宮ラグビー場の近くにあった。円錐《えんすい》型の近代的なデザインが人目を惹《ひ》く。八階建てだった。

唐木田は『ブレーンバンク』の駐車場の見える場所に車を停めた。フェラーリは、駐車場の真ん中に駐《と》めてあった。

岩上から連絡があったのは、午後四時半を回ったころだった。すでに夕闇《ゆうやみ》が濃かった。

「親分、四方比呂志に前科はなかったよ。交通違反切符は切られてたがね」

「そう。いま、おれは『ブレーンバンク』の斜め前にいるんだ」

「張り込みだね？」

「ああ。さっき中居と会ったんだが、四方と塚越社長の共通項は探り出せなかったよ」

「そいつは残念だったな」

「ガンさん、『ブレーンバンク』の取引銀行で入金をチェックしてくれた？」

「チェックしてきたよ。四方の取引企業は一部上場企業ばかりで、総額で月平均二十億以上が振込まれてる。派遣の手数料としちゃ、あまりにも額がでかすぎると思わねえか？　一年で二百四十億円だぜ」

「多すぎるね」

「で、取引先の企業を何社か回ってみたんだよ。どこも焦《あせ》ってる感じだった。コミッションのほかに、労働管理の相談料を払ってるんで、振込み額が多くなったと一様に弁明してたよ」

「ガンさん、四方は取引企業に派遣した役員秘書やコンピューター技術者に、産業スパイめいたことをやらせてるんじゃないのかね？」

「その疑いは濃いな。派遣したコンピューター技術者が職場のシステムに侵入して、さまざまな社外秘情報を入手することはそれほど難しくない」

「そうだね。現に欧米の食品業界、ホテル業界、旅行代理店なんかはプロの探偵をライバル企業に社員として送り込んで、あらゆる情報を集めさせてる。四方が派遣した役員秘書たちも職場で、ガーボロジーはできる」

「親分、ガーボロジーって何なんだい？」

「ごみ調査のことだよ。産業スパイたちの初歩的テクニックらしいぜ。オフィスの屑《くず》入《い》れを漁《あさ》れば、メモ、リポート、データのプリンアウト、ＵＳＢメモリー、納品書、出荷伝票、倉庫伝票の控えなんかが手に入る」

「ああ。役員秘書なら、重役会議の盗聴もできるだろう。それから、取締役たちの私生活もある程度は探《さぐ》れるよな」

「そうだね」

唐木田は相槌《あいづち》を打った。

「四方はそうやって集めさせた企業秘密の買い取りを各企業に求めてたんじゃないのかな」

「あるいは、開発商品のデータをライバル企業に売りつけてるのかもしれない」

「なるほど、それも考えられるな。どっちにしても、四方は裏で何かやってやがるんだろう。だから、たったの六年で自社ビルまで持てるようになったのさ」

「成城の自宅も豪邸だった」

「おれも早朝に眺めてきたよ。あのでっけえ家の所有権は四方の名義になってた。登記所で土地の登記簿を閲覧《えつらん》してみたら、土地はなんと三百坪近かった。しかも、まったく抵当権は設定されてなかったよ」

「つまり、四方は無借金で成城の豪邸を手に入れたってわけだ」

「そういうことだよな。四方は絶対にダーティー・ビジネスをやってるね」

「おそらく、そうなんだろう」

「親分、四方は驚くほど顔が広いな。大物財界人をはじめ、芸能人、プロスポーツ選手、文化人なんかのパーティーに小まめに顔を出したり、そういった連中と一緒にゴルフやトローリングをやってるんだ」

「そう。その上、四方はトルネードの選手のタニマチみたいなことをやってる。光瀬のダミーかもしれないと考えてたんだが、四方自身が胴元をやってる可能性もあるな」

「それ、考えられるね」

「だとしたら、なぜ光瀬は四方と親交を重ねてるんだろう?」

「光瀬は、四方から事業の運転資金を引っ張り出そうと考えてるんじゃないのか?」

岩上が言った。

「そうか、そうなのかもしれないな。光瀬は、台所が苦しいと言ってたからね」

「なら、そうなんじゃねえのかな。親分、おれは四方の自宅の近所で少し聞き込みをやってみるよ」

「よろしく！」

唐木田は終了キーを押し、ポケットからラークマイルドを取り出した。

3

午後八時を回った。

四方のフェラーリは駐《と》められたままだ。

唐木田は首を回して、筋肉の強張りをほぐした。その直後、携帯電話の着信音が響きはじめた。

携帯電話を耳に当てると、東日本スポーツ新聞の柿沢の声が流れてきた。

「闘魂修道塾の光瀬塾長が暴漢に刺されて、救急病院に運ばれたぞ」

「それは、いつのことなんだ？」

「きょうの夕方の五時ごろだよ。光瀬さんは闘魂修道塾の駐車場で自分の車に乗りかけたとき、いきなり暴漢に背中と太腿《ふともも》の二カ所を短刀で刺されたんだ」

「一命は取り留《と》めたんだな？」

唐木田は訊いた。

「ああ、全治一カ月の怪我らしい。もう傷口の縫合は終わって、帝都医大の外科病棟の特別室にいるそうだ」

「犯人はどうしたんだ？」

「光瀬さんの呻《うめ》き声を聞いた門下生たちが取り押さえて、警察に引き渡したそうだ。犯人は稲森会系の二次団体の若い組員だったらしいよ」

「そうか。光瀬塾長は、なぜ刺されることになったんだろう？」

「犯人は塾長を匕首《あいくち》で刺したあと、ファイターたちをＣＭ出演させるなと言ったらしいんだ。それから、芸能プロを新たに設立したら、トルネードの試合を妨害するとも口走ったというんだよ」

「もしかしたら、『ドリーム企画』の箱崎社長が……」

「おれも、それを真っ先に考えたよ。箱崎社長は光瀬さんが芸能プロを設立する動きがあることを知って、苦々しく思ってたようだからな。人気ファイターたちがＣＭに出て、バラエティー番組のゲストになったりしてるから、脅威に感じてたんだろう」

「で、箱崎は光瀬塾長に警告の意味を込めて、若い組員を差し向けた。そして、背中と太腿を刺させたってわけか」

「唐木田が言ったように、警告のつもりだったんだろうな。葬《ほうむ》る気なら、心臓をひと突きさせたはずだ」

柿沢が言った。

「そうだな」

「逮捕された若い組員は、犯行の動機についてどんなふうに言ってるんだい？」

「光瀬さんがテレビでちやほやされてるのが気に喰わなかったと供述してるそうだ」

「背後関係については一切《いっさい》黙り通して、犯人はすべての罪を自分で引っ被るつもりなんだろう」

「そういうことなんだろうな。おそらく警察もマスコミも犯人の話を意図的にすんなり信じて、背後関係を洗おうとはしないだろう」

「それだけ、箱崎は怕《こわ》い存在だというわけだ？」

「ま、そういうことだな。うちの新聞だって、下手なことは書けないよ。芸能界とスポーツ新聞は持ちつ持たれつの関係にあるんだ」

「警察やマスコミは臭いものには蓋《ふた》をするだけで済むだろうが、関西の最大組織は黙っちゃいないだろう。光瀬塾長の後ろ楯《だて》といってもいいわけだからな。闇の勢力の東西対立の火種《ひだね》になるんじゃないのか？」

「最大組織は当然、腹を立てるだろうな。面目丸潰《まるつぶ》れだからね。しかし、結局は手打ちになると思うよ。この不況で、裏社会の連中も損得勘定を第一に考えるようになってるからな」

「確かに東と西の勢力がぶつかり合ったら、双方とも大きな痛手を被《こうむ》ることになる。ちょっとした揉め事ぐらいで、そこまではつき合えないってわけか」

「そういうことさ。それはそうと、おまえ、一度光瀬さんの見舞いに行ったほうがいいぞ。取材でお世話になったんだからさ」

「わかってるよ。報《しら》せてくれて、ありがとう！」

唐木田は終了キーを押し、すぐに浅沼に電話をかけた。光瀬が刺されたことを伝え、ポルシェに麻酔吹き矢《ブロウガン》を積んであるかどうか問いかけた。

「武器は、いつもトランクに入れてあります。入院中の光瀬を締め上げて、口を割らせるんですね？」

「そうだ。トランクの中に、白衣は何着入ってる？」

「二着入ってます」

「なら、二人で病室に押し入ろう。病室の前には門下生が見張りに立ってるにちがいない。ドクは、見張りを麻酔吹き矢《ブロウガン》で眠らせてくれ」

「それはいいけど、リーダーは光瀬と面識がありましたよね？」

浅沼が言った。

「ああ。病室にはドクが先に入るんだ。そして、光瀬の頭に袋をすっぽり被せてくれ。おれは丸めたティッシュ・ペーパーを口に含んでから、光瀬に話しかける」

「了解しました。林葉洋子はまだ会社から出て来ませんが、尾行はホームレス刑事に代わってもらいましょうか？」

「いや、ガンさんには別のことで動いてもらってるんだ。麻実に連絡を取ってみるよ。ドクは、すぐに帝都医大に向かってくれ。外科病棟の前で落ち合おう」

唐木田は通話を打ち切り、麻実の携帯電話の短縮番号を押した。だが、先方の電源は切られていた。客と葬儀の打ち合わせをしているのだろう。

唐木田はレクサスを発進させた。

帝都医大病院は文京区駒込にある。病院に着いたのは、九時過ぎだった。

唐木田は車を一般外来用の駐車場に置き、外科病棟に向かった。

出入口の近くに、浅沼が立っていた。すでに白衣をまとっている。折り畳んだ白衣を腋《わき》の下に挟んであった。

「麻実には連絡がつかなかった。今夜は林葉洋子の尾行は諦《あきら》めよう」

唐木田は低い声で言った。

「わかりました。光瀬のいる特別室は六階にあります。病院の正面玄関には、見張りはいませんでしたよ。ただ、ナース・ステーションの並びにある休憩室には四十四、五の体格のいい男がいました」

「多分、『トルネード・コーポレーション』のゼネラル・マネージャーの倉持だろう。ナース・ステーションから休憩室は見通せるのか？」

「ええ。当直の看護師が五人いますから、吹き矢《ブロウガン》を使うのはまずいですね。見張りらしい男にできるだけ接近して、首に麻酔注射を……」

「そのほうがいいな」

「相手が意識を失ったら、大きな観葉植物の陰に寝かせておきます。リーダーは六、七分経《た》ってから、特別室に来てください。これをどうぞ！」

浅沼が折り畳んだ白衣を差し出した。

唐木田は、それを黙って受け取った。

浅沼が受付ロビーに入り、エレベーター・ホールに向かった。ロビーの照明は灯っているが、人の姿はなかった。受付窓口は、すべて白いカーテンで塞《ふさ》がれている。

唐木田は、ふたたび麻実に電話をかけた。

しかし、依然として電源は切られたままだった。唐木田はラークマイルドを一本喫《す》ってから、外科病棟の中に入った。

エレベーターに乗り込み、手早く白衣をまとった。ボタンを掛け終えたとき、函《ケージ》が六階に停まった。

唐木田は髪を手で撫で上げながら、ナース・ステーションを通り抜けた。

怪しむ看護師はいなかった。休憩室に倉持の姿は見当たらない。

浅沼が事をうまく運んでくれたにちがいない。特別室は、最も奥まった場所にあった。一室だけだった。光瀬の名札が掲《かか》げられている。

唐木田は丸めたティッシュ・ペーパーを口の中に入れた。

静かに特別室のドアを開け、素早く室内に忍び込む。

右手にトイレとシャワールームが並び、奥にベッドとソファセットが置かれている。

光瀬は頭に布袋を被せられ、俯《うつぶ》せに横たわっていた。枕許には、メスを握った浅沼が立っている。

メスは光瀬の喉の下に当てられていた。

「誰か入ってきたな。仲間だなっ」

光瀬が聞き取りにくい声で喋った。唐木田はベッドの向こう側に回り込んだ。

「最初の奴は医者になりすましてた。いま入ってきた奴も、どうせ白衣を着てるんだろうが」

「おれは医者だよ」

浅沼が言った。

「ふざけるな。おまえらは稲森会系のやくざだろうが。箱崎は、おれに止《とど》めを刺して来いと言ったのか？　そうなんだなっ」

「なぜ、箱崎に頼まれたと思うんだ？」

唐木田は上体を屈《かが》め、光瀬に問いかけた。

「『ドリーム企画』は、おれんとこをライバル視してるからな。異種格闘技ショーの興行に乗り出すんだろ？　そうなりゃ、うちと競合することになる。それから、おれが関連会社に芸能プロを作ろうと思ってることも、箱崎にゃ面白くないんだろうよ。で、チンピラやくざをおれに差し向けた。こっちは、お見通しだぜ」

「光瀬、よく聞け。おれたちは、やくざじゃない。箱崎とも何のつながりもない」

「おまえら、何者なんだ⁉」

光瀬が気味悪げに言った。

「正体を明かすことはできないが、刺客じゃないことは確かだ」

「目的は何なんだ？」

「あんたに訊きたいことがある」

「何を知りたいんだ？」

「あんた、アドルフ・シュミットは病気で死んだと信じてるのか？」

「信じるも何も、担当医が急性肺炎でアドルフは死んだとちゃんと診断書に……」

「担当医の仲幹雄は、虚偽の死亡診断書を認《したた》めたと明言した。ドクターはアドルフが薄い生ゴムシートで顔面を塞《ふさ》がれて窒息死したことを知りながら、故意に病死としたんだよ」

「なんだって、そんなことをする必要があるんだっ。いい加減なことを言うな！」

「いい加減な話じゃない。仲ドクターは、東都医大病院内で殺人事件が起きたことが公になったら、患者たちの足が遠のくと考え、わざと病死にしたのさ。そのドクターも変死してる。自ら電車に飛び込んだように見えるが、誰かに四谷駅のホームから突き落とされた疑いも消えない」

「担当のドクターが亡くなったことは新聞の記事で読んだが、他殺の疑いがあるなんてことは一行も書かれてなかったぞ」

「新聞は、はっきりとした事実だけしか記事にしないものさ」

　唐木田は言った。

「それは、そうだろうが……」

「仲ドクターのことはともかく、アドルフ・シュミットと有働里沙の死はリンクしてるんだ」

「なんだって⁉」

「アドルフは里沙との不倫の事実を脅しの材料にされて、去年のグランプリ決勝戦でわざと対戦相手に負けろと正体不明の人物に八百長を強《し》いられた。しかし、アドルフは脅迫には屈《くっ》しなかった。相手をマットに沈め、堂々とチャンプになった。それ以前に、里沙はアドルフとのことをちらつかされて、『ドリーム企画』の山本という社員に移籍話を持ちかけられてた。だが、里沙は所属プロの『ワールド・エンタープライズ』の塚越社長に恩義があるからと、引き抜きの話を断った」

「それでアドルフと有働里沙が殺《や》られたんだったら、絵図を画《か》いたのは箱崎に決まってるじゃねえか」

光瀬が喘《あえ》ぎ喘ぎ言った。布袋の中の酸素が少なくなったのだろう。

「おれも最初は『ドリーム企画』の社長を怪しんだ。ところが、箱崎はアドルフと里沙を始末させてないことがわかった。それから、格闘技賭博の胴元じゃないこともはっきりした」

「おまえら、箱崎を締め上げたんだな？」

「否定はしないよ」

「箱崎の話を鵜呑《うの》みにしないほうがいいぞ。あの男は平気で嘘をつくからな。おれは奴のことは信用してないんだ」

「悪いが、箱崎の悪口をゆっくり聞いてる時間はないんだ。あんた、自分とこの人気ファイターが謎の男に八百長話を持ちかけられたことは知ってるな？」

「ああ、知ってるよ。しかし、誰も八百長なんかやってない」

「さあ、それはどうだかな。内部の人間が八百長試合をやった有力選手が何人もいることを証言してるんだ」

「誰がそんなことを言ってるんだっ。そいつの名前を言ってくれ」

「それは教えられないが、トルネードの試合で大がかりな賭博が行われてることは間違いない。胴元がインターネットで客たちに勝者を予想させたこともわかってる」

「だから、なんだってんだっ」

「あんたが胴元だったとしても、おかしくないよな？　派手に映ってても、あんたのとこは火の車だ。アドルフはすでに頂《いただき》まで上りつめ、あとは下《くだ》り坂が待ってるだけだった。それに彼が脅迫者の正体を突きとめたとしたら、どうなると思う？」

　唐木田は言った。

「おかしなことを言うな。おれは、アドルフを実の弟のようにかわいがってたんだ。あいつは看板選手でもあった。そんなアドルフを手にかけるわけないだろうが。おれは、絶対に選手たちに八百長なんかさせてない。もちろん、胴元なんかじゃないっ」

「おれは疑り深い性質《たち》でね」

「相棒におれの喉を掻っ切らせるつもりなのか⁉」

　光瀬の声は震えを帯びていた。

「そんなことはさせない」

「それじゃ、何を？」

「刺されたとこを撫でるだけさ」

唐木田は言うなり、拳《こぶし》で光瀬の背中と太腿を叩《たた》きはじめた。傷口は分厚いガーゼが当てられていた。いちいち探す必要はなかった。

「やめろ、痛い！」

「大声出すと、メスを滑らせるぜ」

浅沼が光瀬を威《おど》した。光瀬は呻き声を押し殺しはじめた。

「何か嘘をついてるんじゃないのか？」

唐木田は腕を動かしながら、光瀬に問いかけた。

「嘘なんかついてない。おれは危《ヤバ》いことは何もしちゃいねえよ」

「ほんとだな？」

「ああ。頼むから、傷口を叩かないでくれーっ」

光瀬が涙声で叫んだ。

唐木田は叩くことをやめ、光瀬の耳のそばで言った。

「スカッシュをやってた男のことを話してもらおうか」

「えっ」

「『ブレーンバンク』の社長をやってる四方比呂志のことだ。知らないとは言わせないぜ」

「おまえ、おれを尾《つ》けてたんだな」

「そうだ。四方とはかなり親しいようだが、あんたはどういう下心があって、奴に接近したんだ？」

「下心なんか何もない。あの男とは一年ほど前に赤坂のミニクラブで知り合って、時たま会ってるだけさ」

「傷口、痒《かゆ》くないか？　また、叩いてやろう」

「やめてくれ」

「もっと正直にならないと、相棒が持ってるメスで傷口の縫合糸を断ち切るぞ」

「わかった。正直に言うよ。おれは、四方から事業の運転資金を借りようと思ってたんだ。ほかに下心はないし、あいつとビジネスを一緒にやる気もない」

光瀬が早口で言った。

「やっと素直になったな。もう少し四方のことを教えてくれ。四方は一流企業に役員秘書やコンピューター技術者を派遣して、そいつらに企業秘密を盗ませてるな？　たとえば、新規事業内容や開発商品に関する情報をなっ。そして、四方はそれらの情報をライバル関係にある企業に高く売ってる。そうなんだろ？」

「知らない。おれは四方がどんな儲け方をしてるのか、まったく知らないんだ。嘘じゃない。ただ、あの男は羽振りがいいから、何か危《ヤバ》いこともやってるんじゃないかとは感じてたがね」

「四方が格闘技賭博の胴元をやってるとは考えられないか？」

「それはないだろう。彼は顔は広いが、裏社会とはつながりがないようだからな。堅気が胴元をやるのは難しいんじゃないの？」

「四方が第三者に胴元をやらせてるとも考えられる。そのダミーが闇の勢力とつながってりゃ、胴元にもなれるはずだ」

「それはそうだが、四方はそこまで危ない橋は渡らないんじゃないかな」

「あんた、四方が『ワールド・エンタープライズ』の塚越社長と親しいことを知ってるかい？」

「いや、その話は初耳だな。『ワールド・エンタープライズ』って、有働里沙が所属してた芸能プロだろう？」

「そうだ。塚越とは一面識もないのか？」

「ああ、一度も会ったことないよ。それから、四方からも塚越なんて名は聞いたことないな」

「嘘じゃないなっ」

「もちろん、嘘なんかじゃない。四方や塚越って男を庇《かば》わなきゃならない義理なんてないからな。それどころか、四方がアドルフを誰かに始末させたんだとしたら、おれがこの手で仇を討ってやる」

「四方に余計なことを喋ったら、あんたをあの世に送ることになるぜ」

「運転資金を引っ張り出すまでは何も言わないよ」

「いい心がけだ」

唐木田は言って、浅沼に合図した。

浅沼が白衣の下から麻酔吹き矢《ブロウガン》を取り出し、布袋を少し捲《めく》った。光瀬の太い首が露《あらわ》になった。浅沼が上体を折って、光瀬の首の後ろに麻酔アンプルを抱いたダーツを埋めた。

「何をしたんだ⁉」

光瀬が素《す》っ頓狂《とんきょう》な声をあげた。

「ゆっくり朝まで眠れよ」

「麻酔を……」

「そうだ。三十まで数えられないだろうな」

浅沼が薄く笑った。メスは喉元に押し当てられたままだった。

数十秒経《た》つと、光瀬は昏睡状態に陥った。浅沼がメスを持つ手を引き、布袋を乱暴に外した。

「ドク、消えよう」

唐木田は先に特別室を出た。廊下には誰もいなかった。浅沼が病室から現われた。

二人は手で顔を隠しながら、ナース・ステーションの前を急ぎ足で通り抜けた。

エレベーターには乗らなかった。階段を駆け下り、外に出た。

「きょうは、ここで別れよう」

唐木田は脱いだ白衣を浅沼に渡し、駐車場に足を向けた。浅沼がポルシェに乗り込んだのを見届け、レクサスのドア・ロックを解《と》いた。

運転席に坐ったとき、ポルシェが発進した。浅沼の車は、瞬《またた》く間に闇に呑まれた。

唐木田はイグニッション・キーを捻《ひね》った。

ハンドブレーキを外したとき、携帯電話が懐で震えだした。携帯電話を耳に当てると、中居の切迫した声がした。

「唐木田、林葉を尾行してたら、とんでもないことがわかったんだ」

「どんなことなんだ?」

「会って直《じか》に話すよ。おまえ、いま、どこにいるんだ?」

「駒込にいる」

「それじゃ、新宿あたりで三十分、いや、四十分後に会おう」

「わかった。落ち合う場所を決めてくれ」

「そうだな、新宿東口の……」

「中居、どうした？」

唐木田は問いかけた。すでに電話は切られていた。

何か都合の悪いことがあって、中居は途中で通話を打ち切ったのか。それとも、誰かに携帯電話を取り上げられたのだろうか。

唐木田は中居の番号を押した。

だが、先方の電源は切られていた。中居は何か危険な目に遭《あ》っているのではないか。

唐木田は不吉な予感を覚えた。

4

最後の的球《まとだま》がポケットに落ちた。

唐木田はキューをビリヤード・テーブルの上に投げ出した。『ヘミングウェイ』だ。

軒灯は点けていなかった。

中居の電話が途絶《とだ》えて、およそ二時間が過ぎていた。どうにも気分が落ち着かない。

唐木田の胸は、禍々《まがまが》しい予感で領されていた。

中居は林葉洋子を尾行していて、いったいどんな秘密を握ったのか。長いこと思いを巡らせてみたが、見当はつかなかった。

唐木田は止まり木に腰かけ、飲みさしのバーボン・ロックを呷《あお》った。

グラスをカウンターに戻したとき、店のドアが開いた。ぬっと入ってきたのは、岩上だった。

「やっぱり、ここだったか。マンションに行ってみたら、部屋は真っ暗だった。だが、駐車場にレクサスが置いてあったんで、こっちに来てみたんだ」

「そう」

「親分、光瀬が夕方、稲森会系の二次団体の若い組員に背中と太腿を刃物《ヤッパ》で刺されたぜ」

「知ってる。東日本スポーツ新聞の柿沢から教えてもらったんだ。それでドクと一緒に光瀬の病室に押し入って、奴を締め上げてきたんだよ」

唐木田は経過をつぶさに話した。

「そうだったのか。親分、なんでおれに声をかけてくれなかったんだい？」

「ガンさんは現職の刑事だからな。危《ヤバ》いことには、あまり巻き込みたくなかったんだ」

「気に入らねえな。親分、おれは本業にしがみつく気なんかねえんだ。いつ懲戒処分になってもいいと思ってるから、チームに入ったんだぜ」

入った。

　岩上が不服げに言い、スツールに腰かけた。唐木田は短く詫《わ》び、カウンターの中に
「親分、おかしな遠慮はしないでもらいたいな」

「それはわかってるよ」

　スコッチ・ウイスキーの水割りを手早くこしらえ、岩上の前に置いた。

「ありがとよ。四方は、近所の評判は悪くなかったぜ。顔を合わせりゃ、きちんと挨《あい》拶《さつ》するし、町内会のバザーにも未使用のゴルフセットなんかを出してるって話だった。ただ、女房のことをよく言う者は少なかったな。高慢な感じで、取っつきにくい女らしいんだ」

「ガンさん、話の腰を折るようだが、おれの話を先に聞いてほしいんだ」

「何かあったんだな」

　岩上の顔が引き締まった。

　唐木田は中居のことを話した。すると、岩上が即座に言った。

「親分の友人は、おそらく敵の手に落ちたんだろう」

「おれも、そう直感したんだ」

「下手したら、中居という友達は……」

「ガンさん、やめてくれ」

「悪かった。ちょっと無神経だったな。謝るよ」

「中居が無事であることを祈りたいんだ」

「わかるよ、その気持ち」

「もう一度、中居に電話をかけてみる」

唐木田は、カウンターの上に置いてある携帯電話に腕を伸ばした。

ちょうどそのとき、着信音が響きはじめた。唐木田は携帯電話を掴むなり、早口で問いかけた。

「中居か？」

「そうだよ」

紛《まぎ》れもなく中居の声だった。

「何があったんだ？」

「正体不明の男たちに拉致《らち》されたんだ」

「そこは、どこなんだ？」

「わからない。東京から、だいぶ離れた場所だよ。湖の近くだ」

「中居、おまえのそばに誰かいるんだな？」

唐木田は訊《たず》ねた。

なぜか、中居は返事をしなかった。一拍おいて、ひどく聞き取りにくい男の声が流れてきた。ボイス・チェンジャーを使っているのだろう。

「唐木田俊だな？」

「そうだ」

「中居を殺されたくなかったら、ひとりでこっちに来い」

「わかった。中居を監禁してる場所はどこなんだ？」

「かすみがうら市の出島だよ」

「その地名には馴染みがないんだ。もっと詳しく教えてくれ」

「霞《かすみ》ヶ浦《うら》の西側だ。常磐自動車道の土浦北ＩＣ《インターチェンジ》を降りたら、国道三五四線を湖の方向に走れ。道なりに進むと、霞ヶ浦大橋に出る。その手前が出島だ。湖岸に『枝川《えだがわ》モータース』という自動車修理工場がある。工場は一年以上も前に潰れて、いまは使われてない」

「中居とおたくは、そこにいるんだな？」

唐木田は確かめた。

「あんたが来れば、中居は解放してやる」

「おれは必ず行く。だから、いまの約束は絶対に守ってくれ」

「いいだろう。いまから、二時間以内にこっちに来い」

「もう少し時間をくれないか。道路が混んでたら、二時間じゃ無理だ」

「なんとか工夫するんだな」

相手が沈黙した。唐木田は終了キーを押し、岩上に電話の内容を話した。

「親分、おれの覆面パトカーで監禁場所に行こう。きょうは、ニューナンブM60を携帯してるんだ」

岩上が上着の前を拡《ひろ》げ、ショルダーホルスターに収まった輪胴型拳銃《リボルバー》をちらりと見せた。

「おれが覆面《メン》パトに乗るのは、まずいな。常磐自動車道に乗るまで赤色灯を瞬《また》かせて、おれの車を先導してくれないか」

「わかった」

「高速に入ってからは、おれが先に走る。ガンさんはたっぷり車間距離をとって、レクサスにつづいてほしいんだ」

唐木田はシンクの下から三本のアイスピックを取り出し、店の照明を落とした。

岩上が先に外に出て黒いスカイラインに乗り込んだ。覆面パトカーだ。

唐木田は『ヘミングウェイ』の戸締まりをし、自宅マンションに向かって走りだした。

スカイラインが低速で追ってくる。唐木田は駐《と》めてあるレクサスに慌《あわ》ただしく乗り込んだ。

覆面パトカーがレクサスの前に出て、サイレンを鳴らしはじめた。

唐木田は、スカイラインにつづいた。二台の車は都内を走り抜け、三郷《みさと》から常磐自動車道に入った。

唐木田は加速し、スカイラインの前に出た。

岩上がすぐさま屋根《ルーフ》の赤色灯を車内に取り込んだ。むろん、サイレンも鳴らさなくなった。唐木田は柏ＩＣを通過するまで、神経質に周囲の車に目を配った。不審な車は目に留《と》まらなかった。

深夜とあって、車の流れはスムーズだった。

土浦北ＩＣを降りたのは、およそ一時間十五分後である。一般道路に入ると、スカイラインが後方に退《さ》がった。

国道三五四号線を直進すると、やがて出島に入った。

唐木田はコンビニエンス・ストアの手前で、車を路肩《ろかた》に寄せた。ハザードランプを点滅させ、コンビニエンス・ストアの中に足を踏み入れた。

週刊誌の頁《ページ》を繰《く》っていると、岩上が横に並んだ。

「親分、どんな段取りでいくんだい？」

「ガンさんは廃工場の裏側に回ってほしいんだ。ただ、おれがガンさんの携帯を震わせるまでは工場の中に踏み込まないでほしいんだよ。もちろん、状況によっては突入してくれ」

「ああ、わかった。親分、アイスピックだけじゃ、心許ないだろ？　おれの特殊警棒、持ってけや」

「大丈夫だよ。一応、手製の超小型洋弓銃《クロスボウ》を携帯するから」

「畳針を飛ばすやつか」

「そう。しかし、ぎりぎりまで武器は使わないつもりだよ。中居を救い出すことを最優先させたいんだ」

「それがいいな」

「ガンさん、先に行ってくれないか」

唐木田は耳打ちした。

岩上が無言でうなずき、大股で表に出た。

唐木田はゆっくりと店内を回ってから、外に出た。覆面パトカーは見当たらなかった。

唐木田はレクサスに乗り込み、霞ヶ浦大橋に向かった。橋の袂《たもと》に湖岸道路が左右に延びている。

『枝川モータース』は、どちら側にあるのか。

唐木田は車を左折させ、数百メートル走ってみた。だが、廃工場はなかった。

車の向きを変え、来た道を引き返す。交差点を横切り、湖岸沿いに低速で進む。二百メートルほど先に『枝川モータース』の袖看板が見えた。だいぶ古い看板で、文字がところどころ剝《は》がれていた。

唐木田は廃工場の四、五十メートル先にレクサスを停め、手製の武器をダウン・ジャケットの下に隠した。

車を降りる。護岸コンクリートを洗う波の音が下から響いてきた。湖心《こしん》から吹きつけてくる寒風は刺々《とげとげ》しい。

唐木田は逆戻りし、かつて自動車修理工場だった監禁場所に近づいた。間口《まぐち》は割に広かった。シャッターが下ろされていた。潜《くぐ》り戸のあるシャッターだった。

左隣はスナックだが、軒灯は消えていた。右隣は月極《つきぎめ》駐車場になっている。

唐木田は月極駐車場に回り、『枝川モータース』の窓を見た。

電灯は点いていたが、人の話し声は洩れてこない。

唐木田は廃工場の出入口の前に戻り、拳《こぶし》でシャッターを叩いた。しかし、なんの反応もなかった。

唐木田は身構えながら、潜り戸のノブに手を掛けた。

なんの抵抗もなく回った。唐木田は潜り戸を押し、廃工場に足を踏み入れた。

最初に目に飛び込んできたのは、天井から吊るされた中居の姿だった。

トランクス一枚で、血塗れだ。刺し傷は十数カ所もあった。足の爪先《つまさき》から血の雫《しずく》が雨垂れのように滴《したた》っている。

中居の首にはワイヤーロープが深く喰《く》い込んでいた。微動だにしない。磔《はりつけ》にされたキリストのように、がくりと首を落としている。

「中居ーっ」

唐木田は、吊るされた友人の真下まで走った。

背伸びをしても、変わり果てた中居の体に手は届かなかった。亡骸《なきがら》のワイヤーロープを一刻も早く外してやりたかった。

唐木田は周囲を見回した。

少し離れた場所に、鉄製の脚立《きゃたつ》があった。壁際まで歩き、脚立を肩に担《かつ》いだ。中居のほぼ真下に脚立を立て、唐木田はステップに足を掛けた。

次の瞬間、頬すれすれのところを何かが駆け抜けていった。

銃弾の衝撃波だった。

銃声は轟《とどろ》かなかった。

唐木田は煽《あお》られ、脚立ごとコンクリートの床に倒れた。

素早く起き上がると、奥の工具棚の陰から黒いスポーツキャップを目深《まぶか》に被った男が現われた。

　その右手には、サイレンサーを嚙ませた自動拳銃が握られていた。グロック26だった。オーストリア製の高性能拳銃である。

「おまえが中居を殺したのかっ」

　唐木田は声を張りあげた。

「おれは刃物は使わない。返り血を浴びるのが嫌いなんでな」

「仲間は何人いるんだっ。どこに隠れてる?」

「あんたの友達を始末した二人は、もうとっくに逃《フ》げ《ケ》たよ」

「ここには、おまえしかいないんだな?」

「そうだ。今夜こそ、あんたの息の根を止めてやる」

　男が残忍そうな笑みを浮かべ、無防備に近づいてきた。

　唐木田は腰をやや落とし、頭上の蛍光灯にアイスピックを投げた。裸の蛍光灯が砕《くだ》け、工場の中が真っ暗になった。

　唐木田は横に逃げた。

　サイレンサーから点のような銃口炎《マズル・フラッシュ》が吐かれた。放たれた銃弾は床を穿《うが》ち、跳弾が天井の鉄骨に当たった。

　唐木田は動かなかった。

じっと目を凝《こ》らす。黒い影が近づいてくる。

唐木田は二本目のアイスピックを投げた。刺客が短く呻いた。どこかに突き刺さったようだ。反撃のチャンスだった。

唐木田は三本目のアイスピックを投げつけた。今度は的《まと》を外してしまった。

「やるじゃねえか。けど、力が弱いな。アイスピックは浅く刺さっただけだぜ」

男がアイスピックを引き抜き、足許に叩きつけた。

数秒後、三弾目を見舞われた。銃弾は唐木田の斜め後ろの壁にめり込んだ。

唐木田は中腰で後方に退がった。

手探りで手製の超小型洋弓銃《クロスボウ》に畳針を番《つが》え、強力ゴムを逆鉤《ユニバーサル・フック》に引っ掛ける。あとは、引き金を絞るだけだ。

刺客は静止したまま、こちらの様子をうかがっている。唐木田は左手でダウン・ジャケットのポケットから簡易ライターを抓《つま》み出し、すぐに投げた。

男の影が揺れた。

唐木田は特殊武器の引き金を絞った。畳針は空気を切り裂きながら、勢いよく飛んでいった。

敵が唸《うな》った。呻きも発した。

畳針がどこかに命中したことは間違いない。唐木田は二本目の畳針をセットした。

男が畳針を引き抜き、たてつづけに三発浴びせてきた。唐木田はコンクリートの床を転がり、スチール・キャビネットの陰に身を潜《ひそ》めた。

刺客が工場の奥に戻った。逃げる気になったのか。

唐木田は一瞬、そう思った。

しかし、男はじきに戻ってきた。何かを抱えている。

刺客がコンクリートの床に何か液体を撒《ま》きはじめた。ガソリンの臭《にお》いが鼻を衝《つ》いた。

数秒後、発火音が鈍《にぶ》く響いた。

炎が床を舐《な》めはじめた。あたりが仄《ほの》かに明るくなった。

「そこにいやがったのか」

スポーツキャップを被った男がグロック26の銃把《グリップ》を両手で保持し、両腕を前に突き出した。

腕の中は二等辺三角形になっていた。アソセレス・スタンスだ。命中率が最も高い射撃姿勢だった。

唐木田は先に超小型洋弓銃《クロスボウ》の引き金を絞った。だが、畳針は敵には当たらなかった。

「残念だったな」

男がせせら笑い、また発砲してきた。

唐木田は肩から床に転がった。被弾はしなかった。

「警察だ。拳銃を捨てろ！」

奥で、岩上の凄《すご》みのある声がした。

刺客は振り向きざまに、グロック26の銃口炎を閃《ひらめ》かせた。岩上が横に跳《と》び、ニューナンブM60で撃ち返した。

どちらも標的は撃ち抜けなかった。

「また邪魔が入りやがったな」

スポーツキャップの男が舌打ちし、岩上と唐木田に一発ずつ発砲した。すぐに火の海を飛び越え、潜り戸に向かった。

「親分、追うんだ」

岩上が高く叫んだ。

唐木田は外に逃げた刺客をすぐさま追った。表に飛び出すと、男は護岸コンクリートの上を歩いていた。

湖に仲間のモーターボートが待機しているのだろうか。唐木田は湖岸道路を横切った。

そのとき、刺客が唐木田に気づいた。

すぐに敵は引き金を絞った。唐木田は、とっさに身を伏せた。弾《たま》は近くに着弾し、大きく跳《は》ねた。

唐木田は起き上がった。

黒いスポーツキャップの男は掻き消えていた。唐木田は護岸コンクリートから墨色の湖面を覗き込んだ。

眼下にモーターボートが浮かんでいる。刺客がエンジンを唸らせた。

唐木田は護岸コンクリートの上によじ登った。そのとき、モーターボートが猛然と走りだした。

一瞬の差で、敵に逃げられてしまった。

唐木田は歯噛みして、湖岸道路に飛び降りた。廃工場に駆け戻ると、消火器を抱えた岩上が足で小さな炎を踏み消していた。

足許には、白い泡が盛り上がっている。消火液だ。

「ガンさん、さっきの奴はモーターボートで逃げちまった」

「そうかい。奴は殺し屋《プロ》だな。親分も早く消えたほうがいい」

「中居をせめて床の上に横たわらせてやりたいんだ」

唐木田は言った。

「親分の気持ちはわかるが、もう間もなくパトカーがやってくるぜ。さっき、おれが一発ぶっ放したからな。あの銃声を聞いた近所の誰かが一一〇番したはずだ」

「しかし……」

「後のことは、おれがうまくやるよ。早く消えなって」

岩上がもどかしげに急《せ》かした。

唐木田は死んだ中居に短く合掌し、大急ぎで廃工場を出た。まだ野次馬は群れていなかった。

唐木田はレクサスに向かって走りだした。

第五章　負け犬たちの逆襲

1

閉店時間が迫った。

唐木田はテーブルの下で、札束の入った茶封筒を手渡した。六本木の『クレスト』だ。

中居の葬儀が終わった日の夜である。

「この茶封筒の中身は何なの？」

カトリーヌが訝《いぶか》しげに問いかけてきた。

「お金だよ。二十万円入ってる。きみに頼みたいことがあるんだよ」

「頼みって？」

「『ワールド・エンタープライズ』の社長をホテルに誘ってほしいんだ」

唐木田は奥のボックス席に目を向けながら、小声で言った。奥まったテーブルでは、塚越と四方が三人の白人ホステスを相手に愉《たの》しげに飲んでいる。

塚越は中居の通夜にも告別式にも顔を出さなかった。有働里沙のマネージャーを務めていた林葉洋子は、中居が殺された夜から行方がわからない。

西麻布のアパートの部屋の電灯は点《つ》けられたままで、ドアもロックされていなかった。洋子は何者かに拉致《らち》されたと思われる。

「あなたは、わたしに売春をしろって言うのっ」

カトリーヌが顔をしかめた。

「そうじゃない。塚越をホテルに連れ込んでくれるだけでいいんだよ。おれは、塚越にどうしても直《じか》に訊《き》きたいことがあるんだ」

「あなた、警察の人なの？」

「いや、民間人さ。数日前におれの友人が茨城で殺害されたんだが、その事件に塚越が関与してる疑いがあるんだ。殺された友達は、塚越の会社で働いてたんだよ」

「社長が社員を殺したかもしれないの？」

「間接的にだろうがね」

「それにしても、ひどい話だわ」

「おれは事件の真相を知りたいんだ。なんとか協力してもらえないだろうか」

唐木田は拝む真似《まね》をした。

「だけど、ホステス仲間の話だと、塚越さんはセックスのできない体らしいわよ。重い糖尿病か何かでね」

「その話は、おれも知ってる。しかし、きみは日本人じゃない。塚越は性的能力はなくても、美しい白人女性の裸身には興味があるんじゃないかな？」

「そうかしら。白人だからって、体の構造が日本人女性と大きく異《こと》なってるわけじゃないわ」

「それでも皮膚の色素が違うし、ヘアの色だって異なる。乳暈《にゅううん》も西洋人のほうが大きいよな？」

「ええ、そうね。それに日本人女性より毛深いわよね、白人のほうが」

「そうだね。だから、きっと塚越もきみのヌードには関心を示すと思うんだ。といっても、きみに裸になれと言ってるわけじゃない。さっきも言ったが、塚越をホテルの一室に誘い込んでくれるだけでいいんだ。割のいいアルバイトだと思うがな」

「ええ、確かにね。そういうことなら、わたし、協力してもいいわ」

　カトリーヌの顔から、強張《こわば》りが消えた。

「ありがとう。実は、もう赤坂の西急《せいきゅう》ホテルに部屋を借りてあるんだ」

「そうなの。手回しがいいのね。でも、わたしが断ってたら、どうなってたの？」

「おれが独り寝でもしようと考えてた」

「うふふ」

「これがホテルの部屋のカードキーだよ」

唐木田は、またテーブルの下でカトリーヌにカードキーを渡した。カトリーヌはカードキーを茶封筒の中に入れ、茶封筒をドレスの胸許に滑り込ませた。

唐木田は黒服の若い男に目で合図し、チェックを頼んだ。勘定を払い、カトリーヌと一緒に店を出る。

カトリーヌは唐木田を一階まで見送る気でいたようだが、それをやんわりと断った。唐木田は、ひとりで函《ケージ》の中に入った。

飲食店ビルを出ると、どこからともなく麻実が現われた。毛皮のハーフコートを羽織り、ふだんよりも化粧が濃い。そのせいか、いっそう目鼻立ちがくっきりと見える。

「ぞくりとするほど色っぽいな。それなら、四方も簡単に色仕掛けに引っかかりそうだ」

「そうだといいんだけどね。俊さんのほうの首尾は？」

「カトリーヌって娘《こ》が協力してくれることになった」

「それはよかったわ。でも、問題は塚越が白人女性のヌードに興味を示すかどうかね」

「多分、興味を示すだろう。勃起《ぼっき》できなくても、西洋人の女の裸を近くで見てみたいと思うだろうからな」

「そうかもしれないわね」

「麻実、四方をホテルに誘い込めたら、必ずドクとガンさんを呼ぶんだぞ。女ひとりじゃ、何かと危険だからな」

「ええ、そうするわ。それで、四方のフェラーリはどこに駐《と》めてあるの？」

「こっちだ」

唐木田は、麻実を裏通りに導いた。超高級イタリア車は暗がりにひっそりと駐まっていた。

「贅沢《ぜいたく》な車に乗ってるのね。どうせダーティー・ビジネスで稼いだお金で買ったんだろうから、なんか赦《ゆる》せない気持ちだわ」

「そうだな」

「四方を丸裸にして、奪ったお金をそっくり匿名で犯罪被害者の会に寄付したいわ」

麻実が言った。

唐木田は反論しなかったが、犯罪被害者側だけに肩入れする恋人にいささか不満を覚えていた。

犯罪の犠牲になった者や遺族は確かに気の毒だ。しかし、不充分ながらも、国は犯罪被害者の家族に幾何《いくばく》かの補償をするようになった。

だが、加害者の身内には世間の同情は集まらない。それどころか、白眼視されるケースさえある。肩身の狭い思いをして、家族ごと引っ越すことも稀《まれ》ではない。身内の不始末を恥じて、命を絶《た》つ者もいる。

法律を破った加害者当人は非難され、咎《とが》められても仕方がない。いわば、身から出た錆《さび》だ。

しかし、犯罪者の家族まで疎《うと》ましく思うのは間違っているのではないか。加害者の配偶者や兄弟であっても、人格は別なはずだ。彼らを色眼鏡で見るのは、明らかに差別である。辛《つら》い立場にある人々を周《まわ》りの人間はさりげなく気遣うべきだろう。

そんな思いから、唐木田は判事時代から殺人犯の妻と息子にこっそり生活費の一部を贈っていた。加害者は酒に酔った勢いで上司と喧嘩《けんか》をし、相手を殴り殺してしまったのである。三年以上も前の事件だ。

法廷で見かけた殺人者の妻は面《おも》やつれがひどく、実際の年齢よりも十歳は老けて見えた。健人《けんと》という名の息子も、少年の快活さをすっかり失っている。まるで孤独な老人のように表情が暗かった。

唐木田は殺人犯が服役した月から毎月、母子の住む安アパートの郵便受けに直《じか》に現金入りの封筒を投げ込みつづけている。むろん、氏名は明かしていない。最初の添え状に、かつて健人の父親に世話になった男だと記《しる》したきりだ。

裁判官のときは毎月三万円しか投げ込めなかったが、いま現在は月々二十万円を貧しい母子に与えている。

健人の母親は病弱で、一日四、五時間のパート労働しかできない。しかも、夫の借金もあった。それでも健人の母は生活保護の申請をしようとしなかった。連れ合いが犯した罪を申し訳なく思い、国に甘えることを慎《つつし》んだのだ。

母子は一日二食で耐え、真冬でも暖《だん》を取ろうとしなかった。そんな生活を貫こうとしている二人に心を打たれ、唐木田は手を差しのべる気になったわけだ。

そのことは、誰にも話していなかった。他人に打ち明けたら、おそらく偽善者扱いされるだろう。

偽善者は、ある意味では犯罪者たちよりも下劣で卑《いや》しい。唐木田は義賊めいたことをしていても、善人ぶる気はなかった。ささやかな支援は、単なる気まぐれにすぎない。

秘密の援助のことは、チームの仲間たちに覚《さと》られたくなかった。ことに麻実には知られたくない。

彼女は実兄のこともあって、犯罪加害者側には厳しい。さすがに加害者の家族たちを詰《なじ》ることはなかったが、労《いたわ》りを見せることもなかった。

自分が麻実と同じ立場なら、彼女と似たような反応を示すかもしれない。唐木田は犯罪被害者の家族に同情しながらも、加害者の身内にも冷淡になれなかった。

「何か不安なことでもあるの？」

麻実がそう言いながら、唐木田の顔を覗《のぞ》き込んだ。

「別にそういうことじゃないんだ。ちょっと中居のことを思い出してたんだよ」

唐木田は言い繕《つくろ》った。

「そうなの。あなたに紹介されて、中居さんと三人で食事をしたことが一度あったわね」

「そうだったな」

「温厚な男性だったのに、残忍な殺され方をしてしまって、本当にお気の毒だわ。彼のひとり娘は、まだ小学生なんでしょ？」

「ああ、二年生だよ。奥さんが自宅でピアノ教室をやってるんだが、生徒は十数人しかいないらしいから、それだけの収入ではとても暮らしていけないだろう」

「奥さん、どうするのかしら？」

「納骨を済ませたら、住んでる分譲マンションを売りに出す気でいるらしい。それで小さなアパートに移って、どこかに勤めるつもりだと言ってた。しかし、こんな景気だから、すぐに働き口が見つかるかどうか」

「俊さん、わたし、二、三当たってみてもいいけど」

「ひとつ頼むよ。それはさておき、おれは赤坂のホテルに先回りして、カトリーヌと塚越を待つことにする。麻実、四方をうまく罠《わな》に嵌《は》めてくれ」

唐木田は言いおき、さらに奥に進んだ。

レクサスは、フェラーリの七、八十メートル後方に駐めてあった。車に乗り込み、赤坂西急ホテルに向かう。

十分そこそこで、目的のホテルに着いた。

唐木田はレクサスを地下駐車場に置き、一階ロビーに上がった。隅のソファに腰かけ、備えつけの新聞を読みはじめた。ロビーには、数人しかいなかった。

カトリーヌと塚越が姿を見せたのは、午前零時二十分ごろだった。

二人は、まっすぐエレベーター乗り場に向かった。カトリーヌと腕を絡めた塚越は、実ににこやかな表情をしていた。美しいカナダ娘に誘われ、気をよくしているのだろう。

唐木田は一服すると、変装用の黒縁眼鏡をかけた。前髪を額いっぱいに垂らし、おもむろに腰を上げる。

フロントマンはパソコンのディスプレイを覗き込んでいた。

唐木田はうつむき加減でエレベーター・ホールまで歩いた。午後八時過ぎにチェックインしたのは、十五階のツイン・ベッドルームだった。むろん、本名でチェックインしたわけではない。

唐木田は十五階に上がり、一五一〇号室のインターフォンを鳴らした。

ややあって、カトリーヌの声で応答があった。

「どなたですか？」

「ホテルの者です。客室係の者がタオルの枚数を間違えてしまったので、不足分をお持ちいたしました」

「そうですか。いま、ドアを開けます」

「はい」

唐木田はドアの横に移った。

すぐにドアが開けられ、カトリーヌが現われた。

「あなたが来なかったら、どうしようと思ってたの」

「ご苦労さん。きみは、もう帰っていいよ」

「わたし、もう『クレスト』では働けないわね。常連のお客さんを騙《だま》したわけだもの」

「悪かったな」

「ううん、いいの。少し『クレスト』に飽《あ》きはじめてたから、思いきって別のクラブに移ることにするわ。その店、時給四千円出してくれると言ってたから」

「なんてお店なんだい？」

「『スカーレット』よ、俳優座ビルの斜め裏にあるクラブなの。やっぱり、白人ホステスばかりのお店なんだけど、気が向いたら、遊びに来て」

「ああ、いつか行くよ」

唐木田は言って、カトリーヌを目顔で促《うなが》した。カトリーヌが忍び足で廊下に出て、そのままエレベーター・ホールに向かった。

「カトリーヌ、なんだって？」

部屋の奥で、塚越が焦れた声を発した。

唐木田は部屋の中に忍び入り、歩《ほ》を進めた。ワイシャツ姿の塚越が手前のベッドに腰かけていた。ネクタイは外されている。

「誰なんだっ、きみは！」

塚越が弾かれたように立ち上がった。

「大声を出すな」

「何者だと訊いてるんだっ」

「こいつを見舞われたくなかったら、おとなしくしてるんだ」

唐木田は腰のホルスターから、アイスピックを引き抜いた。

「こ、これは美人局《つつもたせ》なんだな。きみは、カトリーヌの彼氏、いや、ヒモなんだろっ。いくら欲しいんだ？」

「おれは、あんたに訊きたいことがあるだけだ。ベッドに腰かけろ！」

「わ、わかったよ」

塚越が従順に腰を下ろした。

「あんたなら、中居彰彦がなぜ殺害されたのか知ってるはずだ。それから、林葉洋子の居所もな？」

「いきなり何を言い出すんだね。中居と林葉は、わたしの会社の社員だったことは確かだが、それ以外のことは何も知らん」

「いま、あんたは〝だった〟と過去形で喋《しゃべ》った。ということは、林葉洋子ももう殺されたって解釈してもいいんだな？」

「何わけのわからないこと言ってるんだっ。中居が何者かに殺害されたんで、つい〝だった〟という言い方をしただけだ。別に林葉のことまで含んでるわけじゃない。林葉は数日前から無断欠勤してるだけさ。担当だった有働里沙が不幸な死に方をしたんで、まだショックが尾を曳《ひ》いてるんだろう」

「そうかな。おれは、あんたが誰かに命じて林葉洋子を拉致させたと睨《にら》んでるんだ」

唐木田は言いながら、塚越の前に回り込んだ。

「わたしが林葉を拉致させたって⁉　ばかを言うな、ばかを。彼女は、有能なマネージャーだったんだ」

「また、過去形を使ったな」

「言葉尻《じり》を捉えるんじゃないっ」

塚越が額に青筋を立てた。

「あんたは、洋子に何か弱みを握られてたはずだ。だから、彼女の口を封じる必要があった。おそらく中居も、似たような理由で始末されたんだろう。中居は、おれの友人だったんだ」

「だから、なんだと言うんだっ」

「このままじゃ、中居は浮かばれない。それだから、あいつの事件のことを調べてるのさ。もう少し喋ってやろう。おれは中居に、関東テレビから忽然《こつぜん》と消えた有働里沙の行方を捜してくれって頼まれてたのさ」

「えっ」

「里沙の失踪《しっそう》前に、彼女の不倫相手のアドルフ・シュミットが急死してる。マスコミ報道では病死ってことになってるが、アドルフは入院中に誰かに薄い生ゴムシートを顔面に押しつけられて窒息死したんだ」

「そんな話は信じないぞ」

「担当医だった仲幹雄が変死する前に、アドルフが殺されたことをはっきりと認めてるんだ。仲は東都医大病院で殺人事件があったことを表沙汰にするのはまずいと判断し、故意に虚偽の死亡診断書を書いたのさ」

「そんなはずはない」

「こっちは確証を摑《つか》んでるんだっ。里沙とアドルフは正体不明の男に脅迫されてた。脅迫材料は二人のスキャンダルだった。里沙のほうは『ドリーム企画』に移籍しろと脅され、アドルフはグランプリ決勝戦でわざと負けろと命じられた。しかし、二人は脅迫には屈《くっ》しなかった。それで、どちらも消されてしまった。そうだよな？」

唐木田は塚越の顔を見据えた。

「わたしに、なぜ確かめるんだっ。見当外れも甚《はなは》だしいな」

「四方比呂志がよっぽど怕《こわ》いようだな。奴が格闘技賭博《とばく》の胴元なんだろ？　四方は本業でも、かなり危《ヤバ》いことをしてる。違うかい？」

「その四方という人物は、どこの誰なんだ？」

「そこまで空とぼける気かっ」

「別段、とぼけちゃいない」

塚越が挑むような口調で言った。唐木田は黒縁眼鏡を外し、前髪を搔き上げた。

「おれの顔をよく見ろ！」

「あっ、おまえは『クレスト』にいた客じゃないか⁉」

「やっと思い出したか。あんたは奥の席で四方と愉《たの》しそうに飲んでた」

「…………」

塚越が目を伏せた。

「『ドリーム企画』の箱崎社長や『トルネード・コーポレーション』の光瀬社長が疑われるよう細工をして、アドルフと里沙を殺害させたのは四方とあんただなっ」

「わたしは悪いことなどしてない」

「中居の事件にも、まったく関与してないと言うのか。それから、林葉洋子の失踪にも関わってないと言い切れるのかっ」

「わたしは、どの殺人事件にもタッチしてない」

「すべての罪を四方におっ被せるつもりかっ。汚い野郎だ！」

唐木田は前に踏み出し、塚越の右の肩口にアイスピックを垂直に突き立てた。

塚越が女のような悲鳴をあげ、ベッドに横倒れに転がった。鮮血がワイシャツを赤く染めはじめた。

「林葉洋子の監禁場所を言え！」

唐木田はアイスピックを荒っぽく引き抜いた。

「もう林葉は生きちゃいない。四方が犯罪のプロに丹沢かどこかで始末させたと言ってた。あの女は、わたしたちの秘密組織のことを嗅ぎ当てたんだ。中居も、わたしの私生活をほじくりはじめたんで、四方が大事をとって……」

「茨城の廃工場で殺《や》らせたんだなっ」

「そ、そうだよ」

「秘密組織のことを詳しく喋ってもらおうか」

「それだけは言えない。勘弁してくれーっ。組織の秘密を喋ったら、今度はわたしが消されてしまう」

塚越が口を結んだとき、窓ガラスが砕け散り、橙色《だいだいいろ》の閃光が走った。

唐木田はドアに向かって走り、スライディングした。凄まじい炸裂音が轟き、爆煙に包まれた。窓の外から、榴弾《グレネード》を撃ち込まれたのだろう。

唐木田は振り向いた。

火達磨《ひだるま》になった塚越が床の上を転げ回っている。二つのベッドは巨大な炎に包まれ、燃え盛っていた。

唐木田は部屋を飛び出し、エレベーターに乗り込んだ。

地下駐車場に下り、レクサスを急発進させた。

ホテルの外に出ると、道路の向こうの高層ビルの表玄関まで車を走らせた。グレネード・ランチャーを使った犯人を取っ捕まえる気になったのだ。

しかし、飛び出してくる人影はない。犯人は裏口から逃げたのか。レクサスを高層ビルの裏手に回したとき、パトカーと消防車のサイレンが二重奏のように響いてきた。

犯人らしい人影は見当たらない。

唐木田は高層ビルから遠ざかりはじめた。レクサスを数分走らせたとき、麻実から電話がかかってきた。

「四方はわたしをフェラーリに乗せてくれたんだけど、奥さんから電話があったら、急に気が変わっちゃったの。日を改めてデートしようとか言って、わたしを強引に新橋駅前のタクシー乗り場の近くで降ろしたのよ」

「こっちも予想もしないことになったんだ。ホテルの窓から榴弾《りゅうだん》が撃ち込まれて、塚越は火達磨になった。おそらく助からないだろう」

「仲間が塚越と一緒に俊さんも始末しようとしたのね？」

「そいつは間違いないだろう。おれのマンションで詳しい話をするよ」

唐木田は電話を切って、スピードを上げた。

2

インターフォンが鳴った。

唐木田は居間のソファから立ち上がって、玄関に急いだ。

来訪者は岩上にちがいない。

三十分ほど前にホームレス刑事から電話があって、唐木田の自宅マンションに来ることになっていたのだ。『ワールド・エンタープライズ』の塚越社長が赤坂西急ホテルで死んだのは、五日前である。

やはり、ホテルの部屋に撃ち込まれたのは榴弾《グレネード》だった。米軍から流れたロケット・ランチャーが犯行に使われたことも、赤坂署の調べでわかった。

発射場所は、赤坂西急ホテルの真向かいにある高層ビルの十六階の非常階段の踊り場と判明した。しかし、犯人は未《いま》だに捕まっていない。

塚越が殺された翌日から、四方の所在はわからなくなった。警戒心を強め、姿をくらましたことは疑いの余地がない。

唐木田たち四人は手分けをし、四方を捜し回った。だが、結果は虚《むな》しかった。

岩上は有力な情報を摑んだと電話で告げ、その内容を伝えに来ることになっていたのである。あと数分で、午後五時になる。

唐木田は部屋のドアを開けた。

やはり、客は岩上だった。唐木田は岩上を請《しょう》じ入れ、居間のソファに坐らせた。自分も腰を下ろした。

「親分、とうとう四方の尻尾《しっぽ》を摑んだぜ。まず産業スパイのことから話そう。トミタ自動車が、『ブレーンバンク』から派遣されたコンピューター技術者に今夏に販売予定だった新型ファミリーカーのデザインと設計図をハッキングされたことをついに認めたんだ。四方は、その新車の技術情報を業界二位の東産自動車に約十五億で売ってた」

「派遣されたコンピューター技術者は、ハッキングの事実を認めたのかい？」

「ああ、認めたよ。四方に五百万の前金を渡されて、犯行に及んだらしい。トミタ自動車のほか、約四十社から新商品開発に関する情報を盗み出したことも自白《ウタ》った」

「ハッキングしてたのは、そいつのほかにどのくらいいるんだって？」

「少なくとも八人はいるって言ってた。それから、四、五人の役員秘書が派遣先の重役たちの女性絡《がら》みのスキャンダルの証拠を握ってたそうだよ」

「四方は派遣社員に盗み出させた企業秘密を売ってただけじゃなく、重役たちからも口止め料を脅し取ってたわけか」

「そいつは間違いないだろう」

「手を汚したコンピューター技術者や役員秘書たちは、それぞれ四方から少しまとまった成功報酬を貰ってたんだね？」

「ああ。トミタ自動車からデザインや技術情報を盗んだ男は総額で二億円ほど貰ったらしいんだが、四方に儲け話があると言われて、格闘技賭博にのめり込んで、結局、泡銭《あぶくぜに》はそっくり負けちゃったそうだ」

　岩上がそう言い、ハイライトをくわえた。

「ほかの産業スパイたちも、同じように格闘技賭博に誘われたんだろうな」

「ほとんどの奴が誘い込まれて、泡銭を巻き上げられたって話だったよ」

「ガンさん、そいつらもインターネットで賭けをやってたんだね？」

「ああ。おれが締め上げた奴はいかさま賭博に引っかかったんじゃないかと考え、ハッキング・テクニックを駆使して胴元の正体を暴《あば》く気になったというんだ」

「それで、胴元が四方だと割り出したんだな？」

「いや、そうじゃねえんだ。トルネードを中心に各種の格闘技賭博の胴元をやってたのは、荒巻勝正《あらまきかつまさ》という接続業者《プロバイダー》だったらしいんだよ」

「その荒巻と四方に接点は？」

唐木田は問いかけた。

「あったよ。荒巻は四十一なんだが、五年前にバイオ食品関係のベンチャー・ビジネスに失敗して自己破産して以来、『ブレーンバンク』のオフィスの清掃を請け負《うお》ってたんだ。若いフリーターをアルバイトで雇ってね。ところが、半年もしないうちに荒巻はインターネットの接続業者《プロバイダー》になった」

「四方が荒巻をダミーの胴元にして、格闘技賭博でひと儲けする気になったんだな」

「そうにちがいない」

「ガンさん、荒巻を締め上げてみよう。荒巻のオフィスは、どこにあるんだい？」

「秋葉原だよ」

「行ってみよう」

「ああ」

岩上が短くなった煙草の火を消し、すっくと立ち上がった。

唐木田はエア・コンディショナーの電源スイッチを切り、オリーブグリーンのタートルネック・セーターの上に狐色《きつねいろ》のレザージャケットを羽織《はお》った。

「そうだ、言い忘れてた。スポーツキャップの殺し屋《プロ》が乗って逃げたモーターボートは霞ヶ浦の船溜《ふなだ》まりで盗まれたものだったよ」

岩上が言った。

「そのほか土浦署から何か情報は？」

「残念ながら、ほかには何も……」

「廃工場で採取された空薬莢《からやっきょう》から、犯人の指紋や掌紋《しょうもん》も検出されなかったのか」

「そうらしい。あの男はプロ中のプロなんだろう。おそらく赤坂西急ホテルに榴弾《グレネード》を撃ち込んだのは、あいつだろう」

「おれも、そう見てるんだ。奴は陸自のレンジャー崩れか、警視庁の特殊部隊の隊員だったのかもしれない」

「そうだな。ヤー公じゃないことは確かだろう」

「このままじゃ、中居が浮かばれない」

「なあに、じきに殺し屋の正体はわかるさ。どうせ奴は四方に雇われたにちがいないからな」

「そうだね。ガンさん、行こう」

唐木田は促《うなが》した。

二人は部屋を出て、エレベーターに乗り込んだ。岩上は、きょうは覆面パトカーには乗っていなかった。

唐木田は岩上をレクサスの助手席に坐らせ、秋葉原に向かった。

車が岩本町に差しかかったとき、美容整形外科医の浅沼から電話がかかってきた。

唐木田はこれまでの経過を伝え、岩上とともに荒巻のオフィスに向かっていることも話した。

「荒巻って男がなかなか口を割らないようだったら、うちの地下室で片腕だけクロム硫酸の液槽に浸《つ》けてやりましょうよ。数分で腕の肉が消えたら、気を失う前に何もかも吐くと思うがな」

「荒巻がしぶとく粘《ねば》るようなら、そうしよう」

唐木田は電話を切った。

ほとんど同時に、携帯電話の着信音が鳴った。今度は、麻実からだった。

「いま、カーラジオのニュースで仲幹雄を駅のホームから突き落とした予備校生が親に付き添われて警察に自首したって報じられたんだけど、聴《き》いてた？」

「いや、ラジオは点けてなかったんだ。仲ドクターをホームから突き落としたのは、予備校生だったって⁉」

「ええ、そう言ってたわ。その予備校生は四谷駅のホームで仲ドクターにぶつかられたらしいの。ドクターは何か考えごとをしながら歩いてたようで、ぶつかった相手の顔を見ずに『失敬！』と小声で呟いただけだったというのよ」

「予備校生は仲ドクターの謝り方に誠意が感じられないと腹を立てて、衝動的に犯行に走っちまったわけか」

「そうみたいね。犯人は三浪の男の子なんだけど、受験勉強のノルマを半分もこなしてないんで、気分がむしゃくしゃしてたんだって」

「そうか。てっきり仲幹雄の死は一連の事件と結びついてると思ってたが、そうじゃなかったんだな」

唐木田は苦笑いした。

「ええ、考え過ぎだったようね。まさか四方が捜査の目を逸《そ》らすために、予備校生を身替わり犯にしたなんてことは……」

「それはないだろう」

「そうよね」

「ほかに何か気になるニュースは？」

「それからね、丹沢の奥でハイカーが女性の絞殺体を発見したってニュースも流されてたわ。アナウンサーは、まだ身許はわからないと言ってたけど、もしかしたら、有働里沙のマネージャーやってた林葉洋子なんじゃない？」

「その可能性はあるな。塚越の事件に関するニュースは？」

「それはなかったわ。俊さん、その後の経過は？」

麻実が訊いた。唐木田は手短に質問に答え、先に携帯電話の終了キーを押した。すると、岩上がすぐに話しかけてきた。

「東都医大病院の仲幹雄の死は、一連の事件とは無関係だったようだな」

「そうだったんだ」

唐木田は電話の内容に触れた。

「親分の推測は外れたわけだが、いちいち気にすることはないさ。なんでも疑ってみることが事件捜査の基本だからな。おれなんか、思い込みから数えきれないほどミスをやってる。元裁判官の親分が快刀乱麻を断つように難事件を解決したらさ、ベテランの捜査官たちの立場がなくなっちまう。仲ドクターのことは、ご愛嬌《あいきょう》だよ」

「そんなふうに言ってもらえると、少しは救われるね」

「どうってことないミスさ。それより、先を急ごう」

岩上が屈託《くったく》のない声で言った。

唐木田は加速した。荒巻のオフィスに着いたのは、それから七、八分後だった。古ぼけた雑居ビルの三階に事務所を構えていた。

「親分は、車の中でちょっと待っててくれないか。おれが先に様子を見てくる。オフィスに荒巻がいたら、社員たちを追い出すよ。それで親分の携帯を二度だけ鳴らして、すぐに電話を切る」

「そうしたら、おれも荒巻の事務所に乗り込んでもいいんだね？」

「ああ」

「ガンさん、身分を明かすのかい？」

「そうじゃなきゃ、社員たちを事務所から追っ払えないと思うんだ」

「身分を隠したまま、荒巻をひとりだけにする手はないもんかな」

「親分、おれは身分を知られても、別にどうってことはないよ。荒巻は悪事の片棒を担《かつ》いでるんだ。弱みのある奴がおれをどうこうすることはできねえさ」

「それもそうだな」

「親分は同僚刑事の振りをして、あとでオフィスに来てくれや」

岩上がレクサスから降りた。流行遅れのコートのポケットに両手を突っ込み、古びた雑居ビルに駆け込んだ。

唐木田はラークマイルドに火を点けた。半分ほど喫《す》ったとき、雑居ビルから五人の若い男たちがひと塊《かたまり》になって現われた。

荒巻の会社の社員たちだろうか。

そう思っていると、携帯電話が短く鳴って切れた。唐木田は喫いさしの煙草を灰皿の中に突っ込み、レクサスから出た。

エレベーターで三階に上がり、目的の事務所に入った。十数台のパソコンが並び、サーバーや周辺機器が所狭しと置かれている。

「相棒、こっちだよ」

左手の奥で、岩上の声がした。

唐木田は奥の小部屋のドアを開けた。四十年配の男がソファに腰かけていた。怯《おび》えた表情だった。

岩上が男と向かい合う位置に坐り、これ見よがしに手錠をいじっていた。

「荒巻だな?」

唐木田は確かめた。

「そうです。わたしが何をしたとおっしゃるんですか?」

「もう観念しろ。あんた、インターネットで格闘技賭博をやってるなっ」

「冗談じゃありませんよ。わたしは、ただの接続業者《プロバイダー》です。そんな危ない裏商売に手を出すわけないでしょ」

「あんたはダミーに過ぎない。ほんとうの胴元が四方だってこともわかってるんだっ」

「『ブレーンバンク』の四方社長のことはよく知ってますが、彼が非合法なビジネスをしてるとは思えませんね。何かの間違いなんじゃありませんか？」

荒巻が唐木田と岩上の顔を交互に見た。

「おれたち二人は、狂犬刑事《デカ》と呼ばれてるんだ。そのへんのお巡りと一緒だと思ってたら、後悔することになるぜ」

唐木田は巻き舌で凄《すご》んだ。

「狂犬刑事というと、荒っぽいって意味なんですね？」

「そうだ。白を切ろうとする被疑者はとことん追い込む。それも殴るとか蹴るなんて手間のかかる締め方はしない」

「ど、どんな手を使うんです？」

荒巻が頬を引き攣《つ》らせた。

「吐く気がないとわかったら、殺しちまうんだ」

「いくら荒っぽい刑事さんでも、そこまではやらないでしょ？　わたしを威《おど》してるんでしょうけど、身に覚えのないことは話しようがありませんよ」

「すぐに自供《ゲロ》したくなるさ」

唐木田は言いざま、アイスピックを投げた。

アイスピックは荒巻の顔面すれすれのところを駆け抜け、背後のプリント合板に突き刺さった。荒巻が上体をのけ反《ぞ》らせ、後頭部をスチール・キャビネットの角に打ちつけた。洩《も》らした呻《うめ》き声は、すぐに唸《うな》りに変わった。

「わざと外してやったんだ。今度は、心臓めがけて力まかせに投げるぜ」

「相棒、そこまで時間をかけることはないさ」

岩上が唐木田に言い、勢いよく立ち上がった。ホームレス刑事は荒巻につかつかと歩み寄り、無言で手錠をかけた。

「逮捕状もないのに、こんなことをしてもいいのかっ。あんたたち二人を告訴してやる」

「おまえは告訴できない」

「なぜなんだっ」

荒巻が喚《わめ》いた。

「間もなく死ぬからさ」

「本気で、わたしを殺すつもりなのか⁉」

「そうだよ」

岩上が懐を探《さぐ》って、ニューナンブM60を摑み出した。荒巻が蒼ざめた。

「おい、きみ！」

「騒ぐんじゃねえ」

岩上が撃鉄《ハンマー》を起こし、リボルバーの銃口を荒巻のこめかみに押し当てた。荒巻がわなわなと震えはじめた。

「おまえは刃物を振り翳《かざ》して、このおれに斬りかかってきた。おれは、やむなく発砲した。相棒の証言で、正当防衛は認められる」

「わたしは、なんの抵抗もしなかったじゃないか。第一、あんたたちは逮捕状も持ってない。正当防衛が成り立つわけがないっ」

「それが成り立つんだよ。おまえに任意同行を求めたら、いきなり刃物を振り回したってことにするわけさ。おまえがくたばったら、こっちで用意したナイフの柄に指紋をべったり付着させりゃ、おれたちの言い分は百パーセント間違いなく通る」

「なんて連中なんだ」

「おまえ、妻子持ちだろ？」

「ああ」

「かみさんや子供に言い残したいことがあったら、伝えといてやろう」

「銃口を離してくれ」

「特に遺言はないらしいな。それじゃ、おさらばだ」

岩上が芝居っ気たっぷりに言って、引き金《トリガー》に太い指を巻きつけた。そのとき、荒巻が子供のように泣きはじめた。

泣きながら、失禁していた。恐怖が限界に達したのだろう。

「ガキ同士の喧嘩じゃあるまいし、泣いたって、事は終わらないぜ」

「どうすればいいんだ？」

「四方が胴元だってことを認めて、知ってることをすべて話せば、おまえがやったことには目をつぶってやろう。それから、命も助けてやる」

「まだ死にたくない。なんでも喋るから、銃口をわたしに向けないでくれーっ」

「何もかも喋ったら、銃口は離してやる。早く吐くんだっ」

岩上が銃口で荒巻のこめかみを強く突いた。

「わたしは四方社長にある時期、助けられたことがあるんだ。それで、彼の頼みを断れなかったんだよ」

「おまえは事業資金を四方に提供してもらった返礼として、格闘技賭博のダミーの胴元になったんだな？」

「そうだよ」

「賭博の客は、どんな連中なんだ？」

「客層は広いんだ。政治家、中小企業のオーナー社長、医師、弁護士、公認会計士、それから芸能人やプロ野球やサッカーの有名選手もいる。そうした連中に交じって、パラサイト・シングルのサラリーマンやＯＬも大勢いるんだ。親許にいる未婚者は経済的に余裕があるから、一試合に十万、二十万と賭けるんだよ。でも、勝つ者は少ないんだ。ちょっとしたからくりがあったんでね」

「四方は格闘家たちのスキャンダルを握って、彼らに八百長試合を強《し》いてたんだなっ」

　唐木田は口を挟んだ。

「そうだよ。四方社長は元刑事の私立探偵や写真週刊誌の契約カメラマンを使って、人気ファイターたちの私生活の乱れを探らせてんだ」

「客たちの予想通りの試合結果になったら、胴元に旨味《うまみ》はない。で、四方は番狂わせを狙って、スター選手たちにわざと負けろと脅しをかけたんだな？」

「はっきりとした証拠があるわけじゃないが、そうだったんだと思う。少なくとも、八百長と思われる試合は三十前後はあった」

「アドルフ・シュミットには、脅しが利かなかった。それどころか、アドルフは脅迫者の正体を暴きにかかった。だから、四方は殺し屋《プロ》にアドルフを始末させたんだなっ」

「えっ、アドルフは病死じゃなかったのか⁉」

　荒巻は心底、驚いた顔つきになった。芝居をしているようには見えなかった。

「知らなかったようだな」

「本当に四方社長が誰かにアドルフを始末させたのか？　そのこと、詳しく知りたいな」

「余計な口を利くな。四方から中居、それから林葉洋子という名を聞いたことは？」

「いや、二人とも知らないな」

「塚越達朗という名前は？」

唐木田は畳みかけた。

「その男は四方社長と一度、ここに遊びに来たことがあるよ。四方社長は、塚越のことを同志なんだと言ってた」

「同志？」

「そう。二人は何か同じ組織に入ってるんだと言ってたよ。詳しいことは教えてくれなかったけどね。そういえば、あの塚越とかいう男は先日、赤坂西急ホテルで爆殺されたな。彼も四方社長に消されたの？」

「余計な口を利くなと言ったはずだぜ」

「あっ、申し訳ない」

荒巻が顔を伏せた。岩上が銃身を使って、荒巻の顎《あご》を上向かせた。

「格闘技賭博の収益は、どのぐらいあったんだ？」

「この五年で四百億円前後にはなってると思う」

「集金した賭け金は、四方が用意した複数のペーパーカンパニーにおまえが振り込んでたんだろ？」

「違う。賭け金の集金と管理は四方社長の妹の由紀《ゆき》さんがやってるんだ」

「由紀という妹は何者なんだい？」

「四方由紀はネット交際サークル『マリアージュ』の主宰者さ。三十四歳だが、大変な美人だよ。彼女は独身なんだが、パラサイト・シングルの男女の結婚観を変えさせるセミナーを熱心に催して、彼らをたくさん自立させてるようだね。『マリアージュ』の登録会員は六万人以上もいるという話だが、すでに三千数百組が結婚して、それぞれが住宅ローンを組んでマイホームを購入したそうだ」

「なぜ四方の妹は独身のくせに、パラサイト・シングルの男女をくっつけたがるんだ？」

唐木田は会話に割り込んだ。

「そのあたりは謎なんだが、四方社長は自分も妹もパラサイト・シングルたちが頽廃《たいはい》的で刹那《せつな》的な暮らしに甘んじてて、国の将来を少しも考えてないことに憤《いきどお》りを感じてるんだとよく言ってたよ」

「悪党が偉そうなことを言ってやがる。四方はどこに隠れてるんだ？」

「わたしは知らない。この四、五日、ずっと連絡が取れないいんだ。四方社長は携帯の電源を切りっ放しにしているんだよ」

「『マリアージュ』のオフィスはどこにあるんだ？」

「代々木三丁目だよ。そうだ、妹さんなら四方社長の居所はわかりそうだな。刑事さんたち、『マリアージュ』に行ってみたら？」

「そうしよう」

「あのう、四方社長にはわたしがいろいろ喋ったことを言わないでくださいね」

荒巻がどちらにともなく訴えた。岩上がリボルバーを無言でホルスターに戻し、荒巻の手錠を外した。

唐木田は壁際まで進み、プリント合板からアイスピックを引き抜いた。

3

ヨーロッパの城のような造りだった。

『マリアージュ』のオフィスだ。明治通りに面していた。二階建てだが、かなり大きい。

唐木田は車を停めた。

「さて、どんな方法で四方由紀を追い込もうか。ガンさん、何かアイディアは？」

「女を痛めつけるのは気が進まないな。いつものように、ドクにひと働きしてもらうのがベストだろう」

「そうするか」

「親分がドクに電話してる間に、ちょっと四方の妹の顔を見てくらあ」

岩上がレクサスの助手席から降り、『マリアージュ』のアプローチに向かった。石畳の両側にはゴールドクレストが形よく植えられ、庭園灯の光がアメリカ栂《つが》の巨木を照らしている。

岩上が建物の中に吸い込まれた。

唐木田は浅沼に電話をして、急いで代々木三丁目に来るよう命じた。岩上が車の中に戻ったのは、およそ十五分後だった。

「四方由紀は熟《う》れた美女だったぜ」

「ガンさん、まさか刑事であることを明かしたんじゃないよね？」

「もちろん、身分は明かさなかったさ。姉の娘がパラサイト・シングルで困ってるという作り話で四方に近づいたんだ。そうしたら、女社長は熱心に姪《めい》を入会させろと言って、システムを説明しはじめた」

「どんなシステムになってるんだい？」

「入会金は男女とも五万円で、会費も月に一万円と安いんだ。ただ、セミナーの受講料は三十万円もかかるみたいだな」

「結婚情報サービス会社とは謳《うた》ってないが、『マリアージュ』の事業内容もその類《たぐい》なんだね？」

「いや、結婚情報サービス会社とは違うんだ。『マリアージュ』は見合いパーティーは一切やってないし、デートのお膳立てもしてない。登録会員の情報を公開し、恋愛や結婚に関するセミナーをちょくちょく開いてるだけみたいなんだ」

「というと、ネット交際サークルの主宰会社なんだな。セミナー料は安くないが、それだけで事業が成り立つんだろうか。兄貴が格闘技賭博で儲けた裏金をマネーロンダリングする目的で設立された会社なのかな？」

「そうなのかもしれない。パソコンルームに登録会員の男女が二十人前後いたんだが、一様《いちよう》に表情が暗かったな。連中は格闘技賭博に手を出してた弱みから、強引に『マリアージュ』の会員にさせられたんだろう」

「ダミーの荒巻の話は嘘じゃなかったようだな」

「ああ。親分、由紀はパラサイト・シングルの男女をセミナーで薬物か何かを使って、巧みに洗脳してるんじゃないのかね？」

「洗脳か」

唐木田は唸った。

「非合法賭博をやってたという弱みがあるにしても、それまで気ままな生活をエンジヨイしてたパラサイト・シングルたちがまともなセミナーに何度か出ただけじゃ、まず結婚観は変えないだろうが？」

「そうだな。しかし、荒巻の話だと、すでに何千組かが結婚したという。会員たちをマインド・コントロールしてる疑いはありそうだな」

「洗脳してないとしたら、由紀は会員たちの致命的なスキャンダルをちらつかせて、強引に結婚させてるんだろう」

「ああ、考えられるね。結婚した連中は、それぞれ住宅ローンを組んでマイホームを購入してるという話だった」

「荒巻は確かにそう言ってたな。親分、四方兄妹《きょうだい》は不動産業者とつるんで銭儲けをしてるんじゃないのか」

「なるほど、住宅購入者を不動産会社に紹介すれば、当然、由紀たちに謝礼が入るわけだ。いや、待てよ。兄妹は単なる銭儲けをしてるだけじゃないな。ガンさん、荒巻は塚越と四方は同志なんだって言ってたんだ」

「ああ、そうだったな。四方が属してる秘密組織が何かとんでもないことを企《たく》んでやがるのか」

「ガンさん、そいつは間違いないよ。格闘技賭博、企業秘密の盗み出し、パラサイト・シングルたちの結婚なんかで得た収益は何かの陰謀の軍資金だったんじゃないだろうか」

「考えられなくはないな」

岩上が重々しく言った。

そのとき、『マリアージュ』の敷地からドルフィンカラーのＢＭＷが走り出てきた。５シリーズの左ハンドル車だった。

「女社長がお出かけだぜ。親分、尾行しようや」

「オーケー。ガンさん、ドクに『マリアージュ』の前で待機するよう言ってくれないか」

唐木田は急いで車を発進させた。

岩上が懐から携帯電話を取り出し、浅沼に連絡を取った。電話の遣り取りは短かった。

ＢＭＷは新宿方面に向かっていた。

由紀は兄の隠《かく》れ家《が》を訪ねるつもりなのか。それとも、商用で外出したのか。

ＢＭＷは新宿駅の手前で甲州街道に入り、西口の超高層ホテルの地下駐車場に滑り込んだ。唐木田はレクサスをＢＭＷから少し離れた場所に停めた。

由紀が慌《あわ》ただしく車を降りた。

「ガンさんは車の中で待っててくれないか」

唐木田は岩上に言って、静かにレクサスから出た。

由紀がエレベーター乗り場に向かった。

唐木田は大股で追い、美人社長と同じ函《ケージ》に乗った。甘やかな香水の匂いが鼻腔《びこう》をくすぐる。

由紀のスーツはカシミアだった。装身具も安物ではない。三十代にしては、肢体《したい》は若々しかった。

唐木田は由紀の横顔を盗み見た。

妙に表情が明るい。ホテルの一室で、惚《ほ》れた男と密会することになっているのか。

由紀が降りたのは、二十八階だった。

唐木田は扉が閉まる直前にホールに降りた。由紀は、目の前にある展望レストランの中に消えた。

唐木田は数分経《た》ってから、レストランに足を踏み入れた。

由紀は窓際の席で、五十三、四のロマンスグレイの男と向かい合っていた。親しげな様子だ。商談ではないだろう。

二人の近くに空席はなかった。

やむなく唐木田は出入口に近い席に坐り、コーヒーだけを注文した。由紀たちは食事をするようだった。

四方が姿を見せるかもしれないと期待したが、それは裏切られた。由紀とロマンスグレイの男はステーキを食べ終えると、展望レストランを出た。

唐木田は伊達眼鏡《だてめがね》をかけてから、二人と同じ函《ケージ》に乗り込んだ。男は由紀の腰に片腕を回していた。二人が男女の仲であることは間違いないだろう。

男は紳士然とし、落ち着きがあった。

由紀たちが降りたのは、十八階だった。唐木田は少し遅れて、降りた。二人とは反対方向に十メートルほど歩き、すぐに踵《きびす》を返した。

忍び足でエレベーター・ホールに引き返し、二人の姿を目で追った。

由紀と男は一八〇三号室に入った。その部屋の前まで進み、唐木田はドアに耳を近づけた。

二人の話し声がかすかに聞こえるが、内容まではわからなかった。

唐木田は一八〇三号室から離れ、エレベーターで一階ロビーに降りた。フロントに歩み寄り、三十代後半のホテルマンに模造警察手帳を短く呈示した。

「一八〇三号室の客について教えてもらいたいんだが……」

「事件の捜査なんですね？」

「まだ内偵の段階なんだが、ご協力願いたいんです」

「わかりました」

　フロントマンがパソコンの端末を操作し、ディスプレイを眺めた。

　部屋を予約したのは、どちらなのか。男だったとしても、偽名を使った可能性もある。

「お待たせいたしました。『東亜不動産』の両角敏信《もろずみとしのぶ》さまのお名前でチェックインされていますね」

　フロントマンが告げた。『東亜不動産』は大手ディベロッパーだった。

「その客は、このホテルを何度も利用してるのかな？」

「月に二度ほどご利用いただいております」

「部屋はツイン・ベッドルームだね？」

「はい」

「支払いは？」

「毎回、現金で精算いただいております」

「そう。どうもありがとう」

　唐木田はフロントマンに礼を言い、ロビーのソファに腰かけた。ＮＴＴの番号案内に『東亜不動産』本社の電話番号を問い合わせ、すぐにその番号を押した。

「警視庁の者です。おたくに両角敏信さんという社員はいらっしゃいますか？」

　唐木田は刑事になりすまし、交換手の女性に問いかけた。

「両角敏信は常務です」

「常務さんでしたか」

「電話を両角にお繋ぎしましょうか？」

「いや、結構です」

「失礼ですが、お名前をお聞かせいただけますか？」

相手が言った。

唐木田は平凡な姓を騙《かた》って、すぐさま電話を切った。ロマンスグレイの男が本名でチェックインしたことは意外だった。

情事が目的でホテルを利用する場合は、多くの者が偽名を使う。両角という男は、四方由紀を戯《たわむ》れの相手だとは思っていないのだろう。

唐木田は地下駐車場に戻り、岩上に由紀の密会相手のことを話した。

「つき合ってる相手が『東亜不動産』の常務なら、由紀がパラサイト・シングルたちを三千数百組も結婚させたのは、愛人のためだったんだろうか」

岩上が呟《つぶや》いた。

「そうとも考えられるが、両角という男が秘密組織のボスとも考えられるんじゃないかな。経済人の多くが、景気回復の足を引っ張ってるのは、激増してるパラサイト・シングルやフリーターたちだと思ってるからね」

「親分、秘密組織は日本経済の活性化を図るために未婚の男女に結婚を強《し》い、労働意欲のないフリーターたちを何らかの方法で抹殺する気なんじゃないのかな」

「パラサイト・シングルやフリーターの数は数千万人単位なんだぜ。大量に葬ることは無理だよ」

「それもそうだな。親分、どんな陰謀が考えられる？」

「四方は、箱崎や光瀬の犯行に見せかけようとした。そのあたりに何かヒントがあるような気がするね」

「というと、闇の勢力をぶっ潰そうとしてるのかな？　秘密組織は外国人マフィアたちをうまく利用して、日本の裏社会を支配してる顔役どもを処刑させる気なんだろうか。その軍資金集めに四方が暗躍してた？」

「そのあたりが見えてこないんだ。しかし、とんでもないことを企んでるような気がしてならないんだよ」

唐木田は言って、煙草に火を点けた。

それから長い時間が流れた。

由紀が地下駐車場に下《つ》りてきたのは、午後十一時過ぎだった。

「おれは四方の妹を尾ける。ガンさんは両角の動きを探《さぐ》ってくれないか」

唐木田は言った。

岩上が黙ってうなずき、そっとレクサスを降りた。姿勢を低くしながら、ホームレス刑事はエレベーター・ホールに向かった。

由紀がＢＭＷに乗り込んだ。唐木田はハンドブレーキを解除した。

ＢＭＷが走り出し、スロープを一気に登った。唐木田はレクサスを発進させた。

美人社長の車は代々木三丁目の『マリアージュ』にまっすぐ戻った。『マリアージュ』の近くの路上に、浅沼の黒いポルシェが見えた。

唐木田はポルシェの真後ろにレクサスを停め、ライトを点滅させた。

ややあって、ポルシェから浅沼が降《お》りてきた。黒ずくめだった。

唐木田は助手席のドア・ロックを解いた。浅沼が冷たい風とともに助手席に乗り込んできた。

「遅かったですね。あんまり待たされたんで、つい居眠りしちゃったんです」

「しっかりしてくれよ」

唐木田は苦笑し、由紀が『東亜不動産』の常務と西新宿のホテルで密会していたことを話した。

「『東亜不動産』は確か伊勢のリゾートタウンの巨大プロジェクトを解散して、リゾートタウン予定地を関西のディベロッパーに去年の秋に転売してますよ」

「そういえば、その記事を新聞で読んだ記憶があるな。東亜不動産はホテル経営に乗り出したが、それが失敗したんだったな」

「ええ。それで、リゾートタウンも造成中に工事をストップせざるを得なくなったんです」

「そうだったな」

「秘密組織なんて存在するんですかね。おれは、単に両角って常務が愛人の実兄である四方比呂志を焚《た》きつけて、ダーティー・ビジネスをやらせただけだと思うな。両角って奴は赤字経営に陥《おちい》った『東亜不動産』の建て直しに手柄を立てて、行く行くは社長のポストを狙いたいと考えてるんじゃないんですかね？」

「それだけだったとしたら、なんの利害関係もない『ワールド・エンタープライズ』の塚越社長まで消す必要はないわけだろ？　それにダミーの胴元の話によると、四方は塚越のことを同志と言ってたらしいんだ」

「同志ですか。ということは、やっぱり裏組織が何か策謀を巡らせてるのか。うーん、なんか考えがまとまらない」

浅沼が頭を掻き毟《むし》った。

そのすぐあと、唐木田の携帯電話が着信音を発した。携帯電話を耳に当てると、岩上の低い声が流れてきた。

「両角の部屋に、ちょいと気になる連中が次々に集まってるぜ」

「どんなメンバーなんだい？」

「ここ数年に倒産した商社、証券会社、マンション販売会社、家具メーカーの元トップたちが七人も集まったんだ。負け犬どもが何か密謀を企《くわだ》ててるんじゃねえのかな」

「敗残者のままで終わりたくないってわけか」

「そういうことなんだろう。連中はもう失うものはないと開き直って、悪党になりきることにしたのかもしれないぜ。おっと、また訪問者が現われたな。今度は白人の男だよ。スラブ系の顔立ちだから、ロシア人かもしれない」

「ガンさん、そっちの張り込みを頼むぜ」

「ああ。親分、由紀はどうなったんだい？」

「代々木のオフィスに戻ったよ。『マリアージュ』の社員がいないことを確認したら、ドクと押し入る予定なんだ」

「女社長を甘く嬲《なぶ》って、兄貴の居所を吐かせる気だね？　ドクに頑張るよう言っといてくれや」

「伝えよう！」

唐木田は笑って、終了キーを押した。

4

女社長が息を弾ませた。

ほどなく喘《あえ》ぎはじめた。四方由紀は一糸もまとっていない。手足はウインザー調の飾り支柱にスカーフやマフラーで括《くく》りつけてあった。『マリアージュ』の二階の寝室だ。

唐木田は煙草に火を点けた。

ここに押し入ったのは三十分ほど前だ。浅沼が由紀の口許にエーテルを染《し》み込ませた布を宛《あ》てがい、一瞬のうちに昏睡させた。エーテルの量は少なかった。

由紀はオフィスの一室で寝起きしていた。唐木田たち二人は四方の実妹をベッドの上で裸にし、手足の自由を奪ったのである。

由紀が我に返ったのは、それから間もなくだった。浅沼は無言でベッドに浅く腰かけ、由紀の柔肌を弄《もてあそ》びはじめた。

「やめて。わたしの体に触らないで」

由紀が抗議した。その声は弱々しかった。浅沼の卓抜なフィンガー・テクニックで官能をそそられはじめているのだろう。

「兄貴の居所を教えてくれれば、きみは自由にしてやってもいい」

唐木田は由紀に声をかけた。

「さっきも言ったけど、わたし、知らないのよ。兄とは、時たま会うぐらいで、ふだんは行き来してないの」

「それじゃ、『東亜不動産』の両角との爛《ただ》れた関係をスキャンダル雑誌の編集者に教えてやるか」

「えっ」

「きみは今夜、西新宿の高層ホテルでロマンスグレイの両角と午後十一時ごろまで愛し合ってた。部屋は一八〇三号室だ」

「あなた、わたしたちを尾《つ》けてたのねっ」

「そういうことだ。両角まで巻き添えにしたくなかったら、早く兄貴の隠れ家を吐くことだな」

「知らないのよ、ほんとに」

由紀が視線を外した。

唐木田は煙草の火を揉み消し、浅沼に合図を送った。

浅沼が片手で由紀の乳房を交互にまさぐり、もう一方の手で秘めやかな丘を愛撫《あいぶ》しはじめた。ピアニストのような長い指は華麗に閃《ひらめ》いている。敏感な芽と花弁は指の間に挟みつけられ、打ち震わせられた。

少し経過すると、ふたたび由紀が切なげに喘ぎはじめた。じきに喘ぎは、淫蕩《いんとう》な呻き声に変わった。

由紀は裸身をくねらせ、時々、腰を迫《せ》り上げた。彼女が沸点に達しそうになると、きまって浅沼は愛撫の手を休めた。同じことが十数回、繰り返された。すると、由紀が恨みがましく言った。

「こんなの、残酷だわ」

「兄貴の居所を言ったら、きみの望みを叶えてやるよ」

「先に……」

「それは駄目だ」

浅沼が言って、また由紀の性感帯を刺激しはじめた。熱のこもった愛撫だった。

数分すると、由紀が極みに駆け上りそうになった。浅沼は指の動きを止めた。

焦《じ》らしに焦《じ》らすと、由紀は兄が渋谷の小さなホテルにいることを口走った。新しい携帯電話の番号も明かした。

「それじゃ、いかせてやろう」

浅沼が両腕を動かしはじめた。

由紀は呆気《あっけ》なく極みに達した。体を硬直させながら、甘く唸りつづけた。

唐木田は懐から携帯電話を取り出し、すぐ四方に電話をした。ややあって、四方が電話口に出た。

「妹の由紀を人質に取った。女社長はベッドで大の字になってるよ、素っ裸でな。少し前にエクスタシーを味わったところだ」

「きさま、元判事の……」

「そうだ。三十分以内に『マリアージュ』に来い。スポーツキャップの殺し屋《プロ》と一緒だったら、妹は即座に殺す」

「由紀の声を聴かせてくれ」

「ちょっと待て」

唐木田はベッドに近寄り、携帯電話を由紀の耳に押し当てた。

「兄さん、救《たす》けてーっ」

由紀が大声で救いを求めた。唐木田は携帯電話を自分の耳に涙した。

「妹の声は聴いたな?」

「ああ。そっちの条件を言ってくれ」

「あんたに確かめたいことがいろいろあるだけだ。早くこっちに来い!」

「わかった」

四方が先に電話を切った。

「女社長は、どうします?」

浅沼が由紀のランジェリーで神経質に指先のぬめりを拭《ぬぐ》いながら、低い声で問いかけてきた。

「もう少しそのままにしとしてくれ。四方があっさり口を割るとは思えないんでな」

「でしょうね。場合によっては、近親相姦をやらせちゃいましょうよ」

「そういう手もあったな」

唐木田は口の端を歪《ゆが》め、ソファに腰かけた。浅沼はベッドに浅く坐ったままだった。

「きみは兄貴や両角と共謀して、何を企んでるんだ？」

唐木田は由紀を見据えた。

「わたしたち、何も悪いことはしてないわ」

「クライマックスを味わったら、今度は開き直ったか」

「別に開き直ったわけじゃないわ」

「きみが一八〇三号室を出たあと、両角の部屋には会社を倒産させた元経営者たちが七人集まった。それから、ロシア人と思われる男が部屋に入ったことも確認済みなんだ。連中は秘密組織のメンバーなんだなっ」

「秘密組織⁉」

由紀がことさら驚いて見せた。

「演技が少しオーバーだな。きみの彼氏の両角が首謀者なのか？」

「なんの話をしてるの？」

「世話をかけさせやがる。両角は、きみの兄貴に格闘技賭博や産業スパイ行為で巨額の裏金を都合させた。その汚れた金は『マリアージュ』でマネーロンダリングされてる。きみはきみで、パラサイト・シングルたちの弱みを押さえて、多くの男女を自分の会社の登録会員にし、連中が結婚したがるようにセミナーで巧みにマインド・コントロールした。結婚したカップルたちはマイホームを買った。物件の大部分は『東亜不動産』が手がけたマンションや一戸建て住宅なんだろ？」

「………」

「異論を挟めなくなったか」

「そうじゃないわ。あまりにも荒唐無稽《こうとうむけい》な話ばかりなんで、呆れ果てちゃったのよ」

「ま、いいさ。きみが白を切っても、兄貴が口を割ることになるだろうからな」

唐木田は言って、脚《あし》を組んだ。

浅沼がメスを取り出し、由紀の肌に押し当てた。由紀が観念したらしく、瞼《まぶた》を閉じた。

「ここは頼む」

唐木田は浅沼に言って、寝室を出た。

一階に下り、内庭に出る。ひどく寒い。身が縮んだ。

唐木田はアメリカ栂《つが》の巨木に身を隠した。

何気なく満天の星を振り仰ぐと、脈絡もなく死んだ中居の顔が脳裏に浮かんだ。アドルフや里沙とは一面識もなかったから、別に悲しみはない。不運だった二人を気の毒に思うだけだ。

しかし、友人の死は重かった。

唐木田は、中居に協力してもらったことを改めて悔やまずにはいられなかった。自分たちチームだけで動いていれば、中居は殺されなかったはずだ。

それにしても、一連の事件でアドルフ、里沙、林葉洋子、中居、塚越の五人が殺害されてしまった。もっと早く事件の核心に迫っていたら、これだけ多くの犠牲者を出さなくても済んだだろう。

思わず唐木田は溜息をついた。

それから間もなく、一台のタクシーが『マリアージュ』の前に停まった。降りた客は四方だった。連れはいなかった。

タクシーが走り去った。

黒いチェスターコートを着た四方が、アプローチの石畳を急ぎ足で歩いてくる。唐木田は腰のホルスターからアイスピックを一本引き抜き、四方の背後に忍び寄った。

四方が振り向く前に、アイスピックを背中に突きつけた。

「殺し屋《プロ》は少し手前でタクシーを降りたのか？」

「ひとりで来たんだ。早く妹に会わせてくれ」

「いいだろう」

唐木田は四方の左腕を捻《ねじ》り上げ、膝頭で尻を蹴った。四方が歩きだした。唐木田は四方を二階の寝室に連れ込んだ。

「由紀！」

四方が妹の名を呼んで、ベッドに駆け寄った。緊張が緩《ゆる》んだからか、急に由紀が泣きはじめた。

「女社長は犯してないから、安心しろ」

唐木田は後ろ手に寝室のドアを閉め、四方に言った。

「妹の縛《いまし》めを解いてやってくれ。頼む」

「その前に、あんたたち兄妹にやってもらいたいことがある」

「何をさせる気なんだ⁉」

「裸になって、妹を抱くんだ」

「あんた、正気なのか⁉　おれと由紀は実の兄妹なんだぞ」

「だから、意味があるのさ」

「断る！」

四方が怒鳴った。

浅沼が勢いよく立ち上がり、四方の首筋にメスの切っ先を当てた。四方が目を剝《む》き、全身をわななかせはじめた。

「近親相姦なんかさせないで！　そんなことしたら、兄もわたしも生きてはいけないわ。犬畜生と同じになっちゃうわけだから」

由紀が涙声で言った。

「それじゃ、犬の真似だけで勘弁してやろう」

「どういう意味なんだ？」

四方が唐木田を睨んだ。

「妹の股の間にうずくまって、大事なとこを犬のように舐《な》め回してやれ」

「おまえらはクレージーだ。まともじゃないっ」

「そうかもしれないな」

唐木田は言って、浅沼に目配せした。

浅沼がメスで威《おど》しながら、四方の上体をベッドに押しつけた。四方は妹の性器を覗く形になった。

「兄さん、おかしなことをしないで。兄妹が淫らなことをしたら、地獄行きよ」

「わかってる」

四方が頭を起こそうとした。すかさず浅沼が四方の頭部を強く押さえ込み、メスを頸動脈に当てた。

由紀が泣きじゃくりはじめた。実兄の鼻先が秘部に密着したからだ。

「早く舌を出せ！」

浅沼が急《せ》かした。

四方が無言で顔を左右に幾度も振る。拒絶のサインだろう。

唐木田は四方の横まで歩《ほ》を運んだ。

「おれの質問に答えれば、あんたたち兄妹は獣《けだもの》にならずに済む」

「何を喋らせたいんだ？」

「あんたはダミーを使って、格闘技賭博の胴元をやってた。花形ファイターの私生活の弱みを押さえて、彼らに八百長試合を強要してた。何人の選手が脅しに屈《くっ》したんだ？」

「……………」

四方は返事をしなかった。

浅沼が心得顔で、四方の鼻を由紀の恥毛に擦《こす》りつけた。葉擦《はず》れに似た音がした。

「十六人、いや、十七人だったかな。そのうちの九人はトルネードの選手だよ」

「やっぱり、そうだったか。アドルフ・シュミットは有働里沙とのことで脅されても、八百長試合はしなかった。胴元のあんたは番狂わせを狙ってただけに、つい逆上してしまった。しかし、それだけじゃアドルフを消す気にはならなかっただろう。アドルフは、あんたの悪事を警察に話すと言ったか、ほかにもダーティー・ビジネスをやってる事実を知ったんじゃないのかっ」

「ダーティー・ビジネス？」

「空とぼけやがって。あんたはトミタ自動車に派遣したコンピューター技術者に新型ファミリーカーのデザインや技術情報を盗ませ、それらを東産自動車に売った。役員秘書たちには派遣先の重役たちのスキャンダルを探らせ、そっちでも泡銭《あぶくぜに》をせしめてた」

「…………」

「四方、もう観念しろ。なんなら、接続業者《プロバイダー》の荒巻をここに呼ぶか。それから、トミタ自動車の人間にも来てもらうかい？」

「認めるよ、ダーティー・ビジネスのことは」

「アドルフは警察に駆け込むと言ったのかっ」

「そうだよ。だから、陸自のレンジャーだった津本稔《つもとみのる》って奴にアドルフを片づけてくれって頼んだんだ」

「黒いスポーツキャップを被ってる奴だな？」

唐木田は確かめた。

「そうだ」

「有働里沙も津本って殺し屋が葬ったのか？」

「ああ。アドルフがおれのことを里沙に喋ってるはずだから、生かしておくのはまずいと思ったんだ」

「茨城の廃工場で中居彰彦を殺した二人組は、何者なんだ？」

「津本の知り合いの若いやくざだよ。おれは詳しいことは知らないんだ」

「中居を殺《や》った動機は？」

「それは、中居が『ワールド・エンタープライズ』の社長だった塚越がおれと裏でつながってることに気づいたからさ。有働里沙のマネージャーだった林葉洋子も、同じ理由で二人組に始末させたんだ。女マネージャーは塚越から、マンションの頭金を脅し取ろうとしたんだよ」

「榴弾《グレネード》で塚越を噴き飛ばしたのは、津本だなっ」

「ああ。あんたも始末させるつもりだったんだが……」

「あんたたち兄妹が集めた裏金で、両角敏信は何を企んでるんだ？」

「えっ」

四方が驚き、妹を見た。

「兄さん、もう諦《あきら》めましょう。この人たち、両角さんが組織の七人とホテルの部屋で会ってるとこを見てるのよ。それから、ロシアのお客さんの姿もね」

「由紀、余計なことは喋るな」

「でも、このままじゃ……」

「おまえは黙ってろ！」

「わかったわ」

由紀が口を噤《つぐ》んだ。

「ロシアのお客さんって、何者なんだ？」

唐木田は四方に訊いた。

「それは言えない。組織の秘密を喋ったら、おれも妹も殺されてしまう」

「言うんだっ」

「死んでも言えない」

「どこまで粘れるかな？」

「おれに何をする気なんだ⁉」

四方が狼狽《ろうばい》した。

唐木田は四方の背中にアイスピックを突き立てた。四方が凄まじい声をあげ、長く唸った。

そのとき、寝室のドアが開けられた。

ほとんど同時に、銃弾が飛んできた。銃声は聞こえなかった。

黒いスポーツキャップを被った男がサイレンサー付きのグロック26を構えながら、部屋に躍り込んできた。津本だ。

「身を伏せろ！」

唐木田は浅沼に声をかけ、刺客にアイスピックを投げつけた。浅沼もメスを投げた。

津本が身を躱《かわ》し、九ミリ弾を連射してきた。

唐木田は床に転がった。弾《たま》は当たらなかった。

「こいつが死んでもいいのかっ」

浅沼が四方を掴み起こし、楯《たて》にした。

だが、無駄だった。津本は乾いた表情で四方の顔面に銃弾を浴びせた。血しぶきが飛び、四方は後ろに倒れた。

浅沼は横に逃げ、麻酔吹き矢《ブロウガン》をくわえた。

グロック26の銃口が浅沼に向けられた。唐木田は最後のアイスピックを投げた。

津本がよろけた。アイスピックは津本の左胸に埋まっていた。心臓部から少し外れていた。

津本が呻きながら、腰のあたりを探った。次の瞬間、筒状のものが投げつけられた。

発煙筒に似ていた。

白い煙幕がたなびき、津本の姿が見えなくなった。

「ドク、ここは任せたぞ」

唐木田は身を起こし、逃げる津本を追った。寝室を飛び出すと、早くも津本は階段を駆け下りはじめていた。

唐木田は廊下を突っ走り、階段を一気に下《くだ》った。庭に走り出たとき、津本が二階の寝室に果実のような塊《かたまり》を投げた。

手榴弾《しゅりゅうだん》か。

寝室の窓ガラスが割れ、炸裂音が轟いた。

寝室の窓から、爆風と閃光が噴き出した。

津本がたてつづけに三発撃ってきた。唐木田は身を伏せ、横に転がった。起き上がったときには、もう津本の姿は消えていた。

唐木田は浅沼の安否が気がかりだった。

素早く起き上がって、建物の中に駆け戻る。すると、浅沼が階段を駆け下りてきた。頭髪が赤く焼け縮れ、顔面は煤《すす》だらけだった。

「ドク、無事だったか。殺し屋が庭から寝室に手榴弾を投げ込んだんだ。由紀はどうした？」

「死にました。スカーフとマフラーを外してやる時間がなかったんです。津本は？」

「逃げられた。ひとまず、おれたちも引き揚げよう」

唐木田は浅沼を促し、『マリアージュ』のオフィスを出た。

二人は、それぞれの車に乗り込んだ。レクサスのエンジンをかけたとき、岩上から電話がかかってきた。

「親分、白人の男の正体がわかったぜ。やっぱり、ロシア人だったよ。名前はレオニド・ツィガノフで、四十八歳だ。ツィガノフだけが先に部屋を出て、近くのホテルに戻ったんだよ。泊まってるホテルには、ほかに八人のロシア人がいた」

「ロシアのマフィアたちなんだろうか」

「そうかもしれねえな。明日、本庁の外事課でツィガノフのことを調べてみらあ」

「ガンさん、いま現在はどこに？」

「両角の部屋の近くにいる。集まった男たちは日本の舵取《かじと》りに失敗した大物政治家たちを声高に非難して、国税に縋《すが》ったメガバンクの悪口を言ってたよ。闇社会の顔役たちも何とかしなけりゃとも言ってたな。それから、『フェニックスの会』しか腐敗しきった日本を救えないともほざいてたよ。『フェニックスの会』は、奴らが結成した秘密組織なんだろう」

「ああ、おそらくね。親分、連中はてめえらの経営能力のお粗末さを棚に上げて、日本経済を失速させた政治家、高級官僚、銀行関係者、それから黒い蜜《みつ》を吸いつづけてきた裏社会の首領《ドン》たちをロシア人マフィアたちに処刑させる気なんじゃないか？」

「ガンさん、それ、考えられるな。で、両角は四方兄妹に軍資金を調達させたんだろう。四方兄妹は、例の殺し屋《プロ》に始末されたよ」

唐木田はそう前置きして、詳しい話をした。

「おおかた、両角が殺人命令を下《くだ》したんだろう」

「そう考えてもいいだろうな。しかし、両角が首謀者じゃなさそうだ。『フェニックスの会』を仕切ってるのは、もっと大物だろう」

「親分、おれもそう睨んでたんだ。これから両角の部屋に躍《おど》り込んで、八人を床に這《は》いつくばらせておこうか」

「ガンさん、きょうは張り込むだけにしよう。ホテルで派手なことをやると、おれたちに捜査当局の目が向けられるからな」

「それじゃ、チャンスをうかがって、実行部隊長らしい両角を拉致するか」

岩上が言った。

「ああ、そうしよう。おれは、すぐにそっちに戻る」

「ドクが一緒なんだろ？」

「いや、おれひとりで行く。ホテルの廊下に三人もいたら、怪しまれるからな」

「それも、そうだ」

「ガンさん、あとで会おう」

唐木田は電話を切った。

いつの間にか、浅沼の黒いポルシェは視界から消えていた。

唐木田はレクサスを走らせはじめた。

エピローグ

滑車が回りはじめた。

ロープが軋《きし》む。両手首を縛られて吊るされた両角敏信が、両脚をばたつかせた。

真下には、クロム硫酸《りゅうさん》を満たした大きな液槽があった。バスタブの三倍ほどの大きさだ。

浅沼美容整形外科医院の地下室である。

唐木田はスエードのジャケットの右ポケットに手を突っ込み、超小型ICレコーダーの録音スイッチを入れた。

地下室には、処刑軍団のメンバーが揃《そろ》っている。ゴルフコンペを終えたばかりの両角を拉致《らち》し、ここに連れ込んだのである。両角はブリーフだけしか身につけていない。

四方兄妹が殺されてから、ちょうど十日目だった。

その間に、大物政治家、財務官僚、日銀の幹部、右翼の政商、広域暴力団の組長ら二十一人が相次いで暗殺された。二十一人を処刑したのは、レオニド・ツィガノフが率《ひき》いるロシア人グループと思われる。

岩上が警視庁の外事課から取り寄せた資料によると、レオニド・ツィガノフは元K

GBの工作員らしかった。ツィガノフはソ連邦が解体されると、特殊部隊《スペッツナズ》の若い隊員たちを集めて警備保障会社を設立したという。しかし、その会社は数年前に経営破綻《はたん》に追い込まれたようだ。

その後の情報は、外事課も捕捉《ほそく》していないという話だった。おそらくツィガノフは社員ともどもマフィアの下働きをして、糊口《ここう》を凌《しの》いできたのだろう。しかし、それでは旨味《うまみ》がない。

そこで、ツィガノフは暗殺請負組織を結成したのではないか。KGBやスペッツナズで訓練を重ねてきた男たちは、破壊工作や暗殺工作に長《た》けている。外国で要人たちを抹殺することなど朝飯前にちがいない。

「殺し屋の津本はどうしてる?」

唐木田は両角と向かい合った。

「津本?」

「ああ、そうだ。あんたの命令で、四方兄妹を始末した男のことだよ」

「知らんね、そんな男は」

両角が言った。両側にいる岩上と麻実が気色《けしき》ばんだ。

唐木田は二人を手で制し、滑車のロープを握った浅沼に目配せした。すぐに浅沼がロープを緩めた。

両角の体が下がった。

次の瞬間、東亜不動産の常務は悲鳴を放った。液槽から白煙が立ち上った。クロム硫酸液に触れた足の裏の皮は、紙のように捲《めく》れ上がっていた。

「わたしが何をしたというんだっ。こんな野蛮なことは、もうやめてくれ！」

「何をしただと？　ふざけるな。あんたは、四方兄妹に『フェニックスの会』の活動資金を集めさせただろうが。四方は格闘技賭博などダーティー・ビジネスが発覚するのを恐れて、アドルフ、里沙、中居、林葉、塚越を始末させた。四方が独断で殺人指令を出したとは思えない。指示したのは、あんただなっ」

「………」

「あんたは、利用価値のなくなった由紀と四方を情け容赦もなく片づけさせた。大手ディベロッパーの重役まで上りつめたんだから、あんたは成功者のひとりなのかもしれない。しかし、人間としては屑《くず》だな」

「津本は死んだよ」

「それは、いつのことなんだ？」

「あんたにアイスピックで傷つけられた翌日だよ。もう役に立ちそうもないんで、ある外国人に始末してもらったんだ」

「その外国人は、ロシア人のレオニド・ツィガノフだなっ。それとも、ツィガノフの手下の仕業《しわざ》なのか？」

「そ、そこまで知ってたのか⁉」

「もっと知ってるぜ」

唐木田は言った。

「何を、何を知ってるというんだね？」

「あんたたちはツィガノフたち九人のロシア人に二十一人の日本人を殺《や》らせたな。この十日間に始末された大物政治家たちのことさ」

「何か証拠があるのか？」

「ある」

「どんな証拠があるというんだっ」

両角はうろたえながらも、虚勢を崩さなかった。唐木田は、はったりを口にした。

「おれたちは暗殺の瞬間をビデオで撮《と》ってたのさ。そのビデオ、観《み》てみるか？　ロシア人の顔がはっきり映ってるぜ」

「そのビデオの元データを譲ってくれないか。金は、いくらでも出す。それから、これだけはわかってほしいんだ。われわれは、単なる私恨《しこん》で二十一人を葬らせたわけじゃない」

「言い訳なんか聞きたくないっ」

「ま、聞いてくれ。処刑した奴らは、国家を私物化した悪徳政治家や政商、日本の経済を崩壊させた官僚や銀行家、それから暗黒社会を牛耳ってる連中なんだ。不良債権を生み、経済と国家をめちゃくちゃにして、私腹を肥やしてる連中には誰かが天誅《てんちゆう》を加えるべきじゃないか」

「『フェニックスの会』は、ただの負け組集団じゃないと言いたいわけか？」

「その通りだよ。われわれは義のために起《た》ち上がったんだ。決して私利私欲で活動してるわけじゃない」

「黒幕どもを葬《ほうむ》ったことは、ある程度は評価してやってもいい。しかし、やり方が間違ってるな。ダーティー・ビジネスで活動資金を調達し、数多くの一般市民に恐怖を与え、都合の悪い人間は虫けらのように殺した。そんなマキャベリズムが罷《まか》り通ると思ってるのかっ」

「大きな目的のためには、小さな犠牲は払わなければならないさ」

「そんなのは、思い上がりだわ」

　両角の語尾に、麻実の怒気を含んだ声が重なった。岩上と浅沼も、両角の歪《いびつ》な考えを強く詰《なじ》った。

　両角は何か反論しかけたが、急にうつむいた。といっても、反省の色は少しもうかがえない。処刑軍団の面々を怒らせるのは得策ではないと判断したのだろう。

「あんたが首謀者じゃないことはわかってる。『フェニックスの会』を仕切ってるのは、誰なんだ？」

唐木田は問いかけた。

「ボスはいないんだ。日本の景気を失速させた奴らに腹を立ててる六十三人の会員のすべてがボスと言ってもいい。わたしは連絡係を兼ねてるがね」

「ボスがいなけりゃ、組織ってもんはスムーズに機能しないはずだぜ」

「そう言われても、本当にリーダーはいないんだ。別段、誰かをかばおうとしてるわけじゃない」

両角が昂然《こうぜん》と顔を上げた。唐木田は腰のホルスターからアイスピックを抜き取り、投げつけた。

アイスピックは両角の腹部に深々と沈んだ。

両角が呻《うめ》いた。身も捩《よじ》らせる。にじんだ鮮血が糸を曳《ひ》きながら、白いブリーフまで滑り落ちた。

「ボスの名は？」

「もう勘弁してくれないか」

「言うんだっ」

「『そうわ』グループの総帥《そうすい》だった下條《しもじょう》晶太《しょうた》だよ」

「国民の税金で再建中のデパートのワンマン会長だった下條が『フェニックスの会』を仕切ってたのか。下條は経営責任を問われると、慌《あわ》てて自宅や別荘の所有権名義を女房や娘に変え、ゴルフ会員権や古美術品を親類に売り払った。そんな欲の塊のような男が義のために起ち上がったとは思えない。あんただって、自社の物件を多く売りたくて、愛人を焚《た》きつけ、パラサイト・シングルの男女を半ば強制的に結婚させてたんだろうが。由紀はセミナーで『マリアージュ』の会員たちをマインド・コントロールしてたんだろ？」

「マインド・コントロールなんかしてない。由紀はセミナーで会員たちに強力な催淫剤を服《の》ませて、乱交させてたんだ。その模様をビデオで隠し撮りして、会員たちに結婚を強《し》いてたんだよ」

「その悪知恵を授《さず》けたのは、あんたなんだろっ」

「わたしじゃない。由紀の兄貴がそうしろと……」

「見苦しいな」

唐木田は嘲笑《ちょうしょう》した。

「くどいようだが、わたしは本気で日本を再生させたいと思ってるんだ。下條会長だって、同じ気持ちだと思うよ」

「そうは思えないな。軍資金は下條が管理してるんだなっ」

「ああ、そうだ。ロシア人の暗殺グループに二十一億円の成功報酬を払ったが、まだ五十億前後の軍資金が残ってる。わたしが下條会長を説得して、二十億の口止め料をきみらに払うようにするよ。それで、見て見ぬ振りをしてもらえないか」

両角が猫撫で声で裏取引を持ちかけてきた。

唐木田は冷笑し、浅沼に目顔で合図した。

浅沼がロープをぐっと緩《ゆる》めた。両角の下半身が液槽に沈み、クロム硫酸が激しく泡立ちはじめた。唐木田は録音を停止させた。

両角は断末魔の叫びをあげながら、全身でもがいた。

しかし、じきに白目を見せて動かなくなった。肉の焼け焦げる臭気が地下室にこもりはじめた。

唐木田たち四人は、できるだけ液槽から離れた。

「地獄で由紀に詫《わ》びるんだな」

浅沼がロープから両手を離した。

滑車が音をたてて回転し、両角の上体が前のめりに倒れた。厚い白煙が噴き上げ、クロム硫酸の泡が勢いよく爆《は》ぜはじめた。

「両角が骨になるまでコーヒーでも飲むか」

唐木田は三人の仲間に言って、階段に足を向けた。

数日後の正午過ぎである。

唐木田は、琵琶《びわ》湖の畔《ほとり》にある下條晶太の別荘の応接間にいた。豪壮な別荘は、湖北町の突端にあった。

窓から竹生島がくっきりと見える。湖面は鏡のように光っていた。

応接間のドアが開き、恰幅《かっぷく》のいい下條が入ってきた。血色がよく、とても八十過ぎには見えない。

「待たせて、すまなんだ」

下條が関西弁で言い、重厚なソファにどっかと腰かけた。

「十億円の小切手を五枚揃えてくれましたね？」

「ああ。先に両角の声が録音されてるメモリーを出しいな」

「そっちが先だ」

唐木田は『そうわ』グループの元会長を睨《ね》めつけた。

「そない怕《こわ》い顔しいなや。わしとあんたは、同志みたいなもんやろうが」

「どういう意味なんだ？」

「わしもあんたも、悪党どもを個人的に裁いとる。法は無力や。あんたも、そない思うとるんやろ？」

「あんたと一緒にされたくないな」

「そう言わんと、あんた、わしと手を組まへんか?」

「断る。早く小切手を出すんだっ」

「せっかちな男やなあ。せっかちな男は、女《おなご》に嫌われるで。えへへ」

下條が下卑《げび》た笑い方をして、上着の内ポケットから五枚の小切手を抓《つま》み出した。

唐木田は小切手を引ったくった。額面を確かめる。それぞれ十億円と打たれ、下條の署名捺印《なついん》があった。

「今度は、あんたの番やで。メモリー、早《はよ》う出さんかい!」

「メモリーは渡せない。一種の保険だからな」

「そんなこともあろうかと思《おも》て、わし、用心しとったんや」

「どこかにレオニド・ツィガノフが隠れてるってわけか」

「ちゃうがな。ツィガノフたち九人は、もうとうにロシアに帰ってもうた。これは、置き土産《みやげ》なんや」

下條がそう言い、腰の後ろからマカロフPbを摑《つか》み出した。ロシア製のサイレンサー付きのピストルだ。口径は九ミリで、装弾数は八発である。ロシア軍の特殊部隊《スペツナズ》で現在も使われている特殊拳銃だった。

唐木田は少しも怯《ひる》まなかった。五枚の小切手を懐に収めた。

「わしを甘く見んほうがええで。わしな、若いころ、中国大陸におったねん。中国人を十人以上、殺してんねんで」

「それがどうした？」

「懐に入れた五枚の小切手をコーヒーテーブルの上に置くんや。それから仲間に電話して、ＩＣレコーダーのメモリーをここに持ってこさせるんや。ええな！」

下條がマカロフＰｂを構えた。

唐木田はコーヒーテーブルを両手で力まかせに押し、上体を横に倒した。暴発した九ミリ弾がソファの背凭《せもた》れにめり込んだ。

下條が体勢を整え、マカロフＰｂを両手で保持した。

唐木田は左手で消音器を掴み、下條の顔面に右のショートフックを浴びせた。ヒットした。下條の太った体がぐらついた。

唐木田はサイレンサー付きのピストルを奪い取って、ソファの後ろに回り込んだ。

「わしが悪かった。撃たんといてくれ。頼む、殺さんといて。この通りや」

下條が哀願し、両手を合わせた。

唐木田は無言で引き金《トリガー》を絞った。眉《まゆ》ひとつ動かさなかった。

眉間《みけん》に九ミリ弾を喰《くら》った下條は虚空《こくう》を見据えたまま体をいったんのけ反らせ、コーヒーテーブルの上に突っ伏した。

それきり動かない。卓上に血溜まりがゆっくりと拡《ひろ》がりはじめた。

「こいつは貰っとくぜ」

唐木田はマカロフPbをベルトの下に差し込み、広い応接間を出た。脅し取った五十億円の一部は、犬死にした中居の未亡人に何らかの方法で寄贈するつもりだ。

別荘を出ると、三人の仲間の乗った白いレンタカーが走り寄ってきた。運転席には麻実が坐っていた。

唐木田はVサインを高く掲《かか》げた。

本書は二〇〇〇年十二月に徳間書店より刊行された『闇裁きシリーズ2　頽廃《たいはい》』を改題し、大幅に加筆・修正しました。

なお本作品はフィクションであり、実在の個人・団体などとは一切関係がありません。

文芸社文庫

隠蔽
私刑執行人

二〇一三年十月十五日　初版第一刷発行

著者　南英男
発行者　瓜谷綱延
発行所　株式会社　文芸社
〒一六〇－〇〇二二
東京都新宿区新宿一－一〇－一
電話　〇三－五三六九－三〇六〇（編集）
〇三－五三六九－二二九九（販売）
印刷所　図書印刷株式会社
装幀者　三村淳

ISBN978-4-286-14529-7